# Sales Murmures

## St Jean

This is a work of fiction. Similarities to real people, places, or events are entirely coincidental.

SALES MURMURES

**First edition. September 17, 2024.**

Copyright © 2024 St Jean.

ISBN: 979-8227294289

Written by St Jean.

# Also by St Jean

Match impitoyable
L'homme méchant
Rebondissant
Son sale entraîneur
Dynastie brûlée
Venin de velours
Accouplement interdit
Carrossier
Sales Murmures

Ce robuste mécanicien des montagnes pourra-t-il gagner le cœur d'une douce fille ringarde ?

Quand on s'appelle Griffin Dirty, on a déjà entendu toutes les blagues. Un de ces Dirty Boys – ha ha. Une femme me prendrait-elle au sérieux ?

Alors que j'ai presque abandonné l'espoir qu'une femme intéressante déménage à Old Hemlock Valley, Harper apparaît. Elle est magnifique, éblouissante et sexy... tout en étant l'une des personnes les plus intelligentes que j'ai jamais rencontrées.

Elle est un peu trop jeune. Un peu trop parfaite. Elle devrait être hors de ma portée, mais cette beauté se considère comme une fille ringarde, alors qu'en fait, elle est tout simplement brillante et organisée.

J'attendais qu'une femme incroyable libère cette passion brûlante en moi. Harper est celle-là. Je sais déjà que nous sommes faits l'un pour l'autre.

J'espère juste pouvoir la convaincre que ma vie propre et saine et mes propos obscènes sont les siens. Pour toujours.

# Chapitre 1

HARPER

« C'est toujours aussi effrayant. » Nikki secoue la tête tandis que nous nous promenons le long du bout du sentier forestier bien entretenu. « C'est troublant, tu sais ? »

« Souviens-toi, c'est pour le bien commun », dit Jocelyn avec un de ses sourires discrets. « Le professeur Hewitt fait ce genre d'études depuis des années. »

« Et nous allons garder les choses légères », j'interviens. « Rien qui puisse causer du stress à qui que ce soit. Pas vrai ? »

« Pas vrai. » Nikki soupire. « Comme parler du travail pendant notre promenade dans la nature ? »

Jocelyn rigole. « Je ne pense pas que nous en sachions assez sur les arbres pour avoir une discussion intelligente à ce sujet. »

« Hé, il n'est pas trop tard », je souris. « Nous n'en sommes qu'à deux ans. Nous pourrions passer des communications à la botanique. Je veux dire, les plantes doivent être plus faciles à comprendre que les gens, pas vrai ? »

Nous rions tous en arrivant au bout du sentier Maple. Le chemin principal est large et bien balisé, plus une promenade lente et sinueuse dans la nature qu'une véritable randonnée. Comme nous sommes toutes des citadines, nous avons pensé que nous n'étions pas prêtes à affronter les sentiers plus difficiles. Comme je suis une rat de bibliothèque, pas une randonneuse. Mais avoir une idée du terrain local semblait être une bonne idée pour notre premier week-end ici dans une petite ville de montagne.

Quand nous revenons à ma vieille voiture bleu argenté, je remarque que le parking est presque vide. Il y avait trois autres voitures ici quand nous sommes arrivés. Maintenant, le seul autre véhicule est une grosse camionnette.

Nikki jette nos petits sacs à dos dans le coffre pendant que Jocelyn s'installe sur le siège passager et que je démarre la voiture. Ou plutôt, j'essaie. Cela fait un petit bruit triste, mais le moteur ne démarre pas.

Nikki grogne. "S'il te plaît, ne me dis pas que nous sommes bloquées dans les bois dès notre premier jour de marche dans les bois."

"Tu penses que c'est mauvais signe ?" demande Jocelyn.

"Que le pays déteste les citadins ?" Nikki lève les yeux au ciel. « Peut-être. »

Je lève brusquement la tête alors qu'un homme s'avance vers nous, fronçant légèrement les sourcils. Il ressemble à un vrai bûcheron. « Besoin d'aide ? »

« Euh... peut-être. » J'essaie à nouveau, et cette fois, quelque chose fait un clic étrange. « Ouais, je crois qu'il est mort. Merde. Je jure que je n'ai pas laissé les lumières allumées. »

Il me fait signe de sortir, ce que je fais. Il se penche et vérifie quelques trucs, et je suis presque soulagée qu'il n'émet même pas un bruit maintenant quand il essaie de le démarrer. Au moins, ça veut dire que je n'ai rien fait de mal. Pas vrai ?

« Il y a au moins un demi-réservoir d'essence et une batterie assez récente, » dis-je. « Et il fonctionnait bien avant. »

L'homme sort en hochant la tête. « Ouais. Des routes de montagne accidentées. Les suspensions sur les vieilles voitures comme celle-ci, parfois les choses se desserrent. » Il sourit. Cela semble un peu forcé.Peut-être qu'il est agacé de devoir aider trois personnes qui viennent de l'extérieur.

« Je m'appelle Barrett. Nous sommes quelques-uns à patrouiller ces sentiers pour que personne ne reste en panne. Je vais appeler le dépanneur local, il est super. »

« Merci. » Nikki sort déjà nos affaires de la voiture tandis que Jocelyn sort, l'air nerveuse.

« Hé, Griff, » dit Barrett dans son téléphone, le regard fixé sur l'horizon. « Trois charmantes jeunes femmes ont une voiture en panne sur le parking de Maple Trail. »

C'est faible, mais je peux entendre un rire. « Mesdames, vous dites ? Je serai là dans dix secondes. »

« Merci. » Barrett raccroche et se retourne vers nous. « Vous devez être le groupe qui loue la maison de Riggs pour quelques mois. » Mon expression le fait rire. « Les nouvelles vont vite dans une petite ville. »

C'est exactement ce que nous sommes ici pour prouver. J'échange un rapide regard écarquillé avec Jocelyn et Nikki. Nous pouvons assez bien nous lire maintenant, puisque nous avons été un groupe d'étude pendant près d'un an avant d'être choisis pour ce projet de recherche à l'échelle nationale.

« La dépanneuse de Griffin ne peut accueillir qu'un seul passager, et la mienne n'en peut accueillir que deux autres en plus de moi. Je vous ramènerai donc tous les deux chez vous quand il arrivera. »

Une légère pointe de tension me parcourt l'échine à l'idée d'être seul avec un type étrange. « C'est ma voiture, alors je vais l'accompagner. »

Barrett vérifie, un peu brusquement, que nous connaissons toutes les bases de la randonnée. Oui, nous avons une alarme qui sonne une heure avant le coucher du soleil pour que nous puissions rentrer avant. Oui, nous transportons de l'eau, des bandages et un sifflet à ours. Oui, tous nos téléphones sont chargés au cas où nous aurions besoin d'appeler le 911.

« En fait, si vous restez à Old Hemlock Valley pendant un mois, notez ce numéro. » Il récite un numéro pendant que nous établissons de nouveaux contacts sur nos téléphones. « Nous l'appelons la hotline OHV. »

« C'est comme le 911 ? » demande Nikki.

« C'est à peu près ça. C'est le téléphone rouge sur le bureau d'accueil de l'hôtel de ville. Il y a quelqu'un là-bas 24 heures sur 24, 7 jours sur 7, même si ce n'est que Jerry, le concierge. Celui qui décroche peut vous mettre en contact avec tout ce dont vous avez besoin. Notre médecin de ville Jonah, James notre policier, les pompiers volontaires, tout ce que vous voulez. »

« C'est super pratique, » murmure Jocelyn. « Merci. » Cela ne faisait pas huit minutes que Barrett avait passé l'appel lorsqu'une dépanneuse bleue avec « Valley Automotive » peinte en lettres blanches amicales sur le côté arrive en trombe sur le parking.

Un autre homme de la taille d'un bûcheron en sort, mais heureusement celui-ci ne semble pas aussi grincheux. Il sourit largement en s'approchant. Son regard dérive sur chacune d'entre nous, pas d'une manière lubrique, mais me rappelant toujours que nous sommes « les nouvelles filles de la ville ». Nous avons déjà eu droit à quelques regards curieux quand nous étions en ville.

Quand ses yeux se fixent sur les miens, son expression change complètement. Le regard de Griffin se porte sur ses yeux tandis qu'il s'approche. Il me tend la main et serre doucement la mienne. « Salut. Je m'appelle Griffin. »

Il y a quelque chose dans la chaleur de sa paume contre la mienne. Quelque chose dans son regard et son incroyable parfum boisé qui me semble encore plus réconfortant que la forêt. Je n'ai jamais été attirée par un homme auparavant, mais en ce moment mes genoux tremblent littéralement. Il est magnifique. Éblouissant. Impressionnant. J'étudie la linguistique et la communication, mais je suis à court de mots précis au-delà de la merde.

Finalement, je parviens à murmurer : « Harper. »

Barrett s'éclaircit la gorge. « Ils sont chez Riggs. Je vais les y emmener tous les deux maintenant. Ça va ? »

« Bien sûr. » Griffin lâche ma main mais ne s'éloigne pas pendant quelques secondes de plus. J'ai l'impression que le temps lui-même se déplace, et à chaque instant où nos regards se fixent, une sorte d'énergie passe entre nous. Mon corps tout entier réagit à sa présence : ma respiration s'accélère. La chaleur s'épanouit dans mon cœur.

Si un seul regard sur ce type produit autant de désir, comment suis-je censée m'asseoir dans un camion juste à côté de lui ?

Finalement, je brise le charme, détourne mon regard et remarque Jocelyn et Nikki qui parviennent à peine à étouffer leurs rires alors qu'elles marchent avec Barrett vers son camion.

Une partie de cet été était censée consister à sortir de ma zone de confort et à essayer de nouvelles choses. Je pensais que cela signifierait faire de la randonnée, vivre dans une autre ville et me concentrer sur un travail qui n'est pas directement supervisé. Pas tomber sur un gars qui est si magnifique que mes chevilles sont vraiment raides à force d'essayer de me maintenir immobile. Je lutte pour m'empêcher de me balancer nerveusement d'un côté à l'autre en le regardant marcher, son corps puissant se déplaçant avec une démarche si détendue que j'en suis un peu envieuse.

Griffin essaie de démarrer ma voiture, et entend à nouveau ce triste bruit de cliquetis. Il hoche la tête. « Ouais, elle est morte. » Il met la voiture au point mort et la branche à son camion avec des mouvements expérimentés, comme s'il faisait ça depuis très longtemps.

Il a l'air d'avoir une trentaine d'années et se tient avec une grâce décontractée qui est follement sexy. C'est ça ! Il est sauvage. Comme une panthère. 1,90 m environ, avec des bras épais et sculptés et une poitrine qui peut à peine être contenue par son fin t-shirt anthracite. Et il y a une lueur arrogante dans ses yeux quand il me lance un sourire qui n'est pas seulement beau, il est aussi charmant que diable.

« Tout est prêt. » Il m'accompagne jusqu'au siège passager de la dépanneuse, et mes yeux se posent à nouveau sur les lettres « Valley Automotive ».

Je me souviens de quelque chose que je ne peux m'empêcher de dire. « Hier au restaurant, quelqu'un a dit quelque chose sur le service de dépanneuse qui était géré par des garçons sales. »

Il sort déjà son portefeuille pour me montrer son permis de conduire. Ma gorge émet un rire involontaire en lisant son nom. Griffin Dirty.

« Ouais. » Son rire sombre danse jusqu'à ma colonne vertébrale. « Notre nom de famille a presque disparu dans une grande partie du pays au début du XIXe siècle, pour des raisons évidentes. Mais ici, sur la montagne, la famille Dirty a gardé le nom en vie. »

« Je ne voulais pas... »

« C'est bien de rire. » Ses yeux scintillent alors qu'il se penche pour murmurer : « C'est bizarre. Je sais. »

Sa main forte et rugueuse prend la mienne pour m'aider à monter dans le camion et pendant une demi-seconde, nous sommes face à face, à peine à deux pouces l'un de l'autre, si près que je suis sûre qu'il peut entendre mon cœur marteler dans ma poitrine.

Je n'ai jamais ressenti ça avec un homme auparavant. Du désir, de l'intrigue et une sorte de connexion qui semble avoir toujours été là. Pourtant, je ne le connais même pas depuis cinq minutes.

Est-il possible que je sois en train de tomber amoureuse d'un garçon Dirty ?

# Chapitre 2

GRIFFIN

Harper. Harper. Harper.

Son nom résonne dans ma tête alors que nous roulons vers la limite de la vallée de la vieille pruche. Je ne sais pas si elle remarque que je n'arrête pas de lui jeter des coups d'œil furtifs du coin de l'œil.

Ses longs cheveux noirs sont retenus en arrière dans une tresse soignée, accentuant ses yeux bleu foncé lumineux. Sa silhouette est un peu difficile à distinguer sous son jean ample et son épais sweat à capuche, mais je peux dire qu'elle a des courbes là où ça compte. Tout chez Harper est délicat, féminin, et me remplit d'un besoin inexplicable de mémoriser chaque centimètre de sa peau pâle. Elle a le genre de visage classique et beau que je serais heureuse de regarder tous les jours pour le reste de ma vie.

Sa main gauche dérive vers sa bouche, bien qu'elle s'arrête juste avant de se ronger l'ongle. J'espère que cela ne veut pas dire que je la rends nerveuse.

Depuis un an environ, je plaisante... à moitié... avec tous ceux qui veulent bien m'écouter, en disant qu'il faut envoyer plus de femmes dans notre ville. Si c'était un appel à l'univers, une supplique pour quelqu'un de spécial, je pense que l'univers a répondu.

Je peux déjà dire qu'Harper est incroyablement spéciale. Elle ne se contente pas de regarder les arbres par la fenêtre, elle les étudie. Je l'imagine déjà tenant une pile de livres et je me demande si elle porte des lunettes de lecture.

« Alors, vous êtes ici pour l'été, mesdames, ou... ? » je commence.

« Nous ne savons pas combien de temps nous allons rester. » Mon estomac se serre lorsqu'elle me sourit si gentiment. « Nous avons loué la maison pour un mois, mais si nos études se passent bien, nous resterons peut-être un peu plus longtemps. »

« Qu'est-ce que tu étudies ? »

Elle me regarde à travers ses longs cils. « Ne te fâche pas, mais nous n'avons pas le droit de le dire à qui que ce soit. »

Je fais une moue énorme avec ma lèvre inférieure qui la fait rire. « Est-ce que je ne gagne pas de points pour avoir sauvé la belle demoiselle en détresse ? »

Ses joues délicates rougissent d'une légère teinte rose.

« Je vais emmener ta voiture au garage, puis je pourrai te ramener chez toi dans un véhicule plus confortable. Cette vieille bête peut sortir un tracteur d'un pied de boue, mais ce n'est pas le trajet le plus confortable. » Comme prévu, le camion heurte un nid-de-poule, nous secouant tous les deux.

« Ça ne me dérange pas. Je suis juste content que nous ne soyons pas restés coincés là. »

« Dès que nous nous serons garés, j'inscrirai la hotline d'Old Hemlock Valley dans ton téléphone au cas où tu aurais une urgence. »

« Ha ! Barrett l'a déjà fait. Ça a l'air d'être un super système. » Harper sourit, puis se mord la lèvre inférieure pendant une seconde. « Même si j'espère que nous n'aurons jamais à l'utiliser. »

Je suis content que Barrett ait trouvé les filles, et pas l'un de ces célibataires opportunistes de la ville. Oui, ça me rend égoïste. Je m'en fiche.

Lorsque nous arrivons à Valley Automotive, mes frères sont toujours là. Je gare la dépanneuse à l'arrière, puis j'aide prudemment Harper à descendre. Nous restons face à face pendant un moment, nous regardant simplement. Ressent-elle cette même chaleur entre nous ? Cette attirance ?

Je continue à lui tenir la main, la regardant profondément dans ses yeux bleus rêveurs. « Tu dois rentrer tout de suite ? »

Son adorable halètement de surprise me dit qu'elle n'a pas l'habitude que les hommes la draguent. Bien. « Euh, ouais. Jocelyn et Nikki ont besoin de moi pour régler le travail de cette semaine. »

« C'est toi qui diriges ? » Je m'incline légèrement. « Est-ce que je parle avec la grande patronne ? »

Bon sang, j'adore la façon dont elle rit. « Non, je suis juste plus... euh... pointilleuse avec les détails. Je suppose que tu dirais que je suis... » Elle hésite. « Le type super organisé, appelons ça comme ça. »

Harper me regarde comme si elle venait d'annoncer qu'elle avait la peste. Elle ne sait pas que j'aime l'idée d'une femme qui prend les choses en main. Qui a un plan. De plus, elle est excentrique et douce – c'est un bonus fabuleux.

Mon sourire est si large que j'ai l'impression qu'il étire mon visage. « Ok. On ne les laissera pas commencer sans toi. J'arrive dans une minute. »

Je l'accompagne jusqu'à ma Jeep, puis passe la tête à l'arrière du garage. « Je viens de récupérer une voiture hors d'usage sur le parking de Maple Trail. Je vais ramener le chauffeur chez lui, puis nous pourrons jeter un œil. »

Walker, mon frère aîné, se lève de là où il est penché sur un moteur à moitié reconstruit. « Carson, tu veux le faire rouler pour que nous puissions jeter un œil tout de suite ? »

Mon frère du milieu avale le reste de son café. « Je m'en occupe. »

Je me dépêche de me rendre sur le parking arrière pour que nous puissions partir avant que mes frères ne voient que je ramène une fille chez elle. Bien sûr, ils le découvriront bien assez tôt, mais je veux d'abord la connaître un peu avant d'essayer de répondre à toutes les questions qui nécessitent des réponses.

Mes espoirs sont déjà ridiculement élevés étant donné que nous venons de nous rencontrer, mais j'ai un très bon pressentiment à son sujet. Ce n'est pas seulement à cause de la vague de chaleur qui nous a enveloppés lorsque je l'ai aidée à sortir du camion.

La Jeep est beaucoup plus silencieuse, donc nous pouvons parler plus facilement. « Alors, sérieusement, quel genre de travail fais-tu ici ? »

Harper me lance un regard noir. « Je ne peux vraiment pas en parler. »

« Laisse-moi deviner. Vous êtes des espions. » Mes mains tambourinent sur le volant tandis que je prends un long virage lent. « Ce sont toujours les timides et les jolies. Tu vas sortir une sorte d'instrument de torture de ton sac à main et exiger que je te remette les cartes secrètes d'une seconde à l'autre. C'est ça ? »

Elle rit doucement. « Nous sommes stagiaires pour un professeur, nous ne faisons pas de trucs d'espionnage. Désolée de te décevoir. »

Je tends la main et serre la sienne pendant une seconde. « Crois-moi, ma belle, je ne suis pas du tout déçue. » La façon dont elle rougit si doucement me fait me demander à quel point elle peut être innocente. « Alors, tu es à l'université ? »

« Ouais. J'ai techniquement fini mon cours, mais j'envisage de prendre une autre année à l'automne. »

« Tu n'en as pas encore marre des dortoirs ? J'ai entendu dire qu'ils sont généralement horribles. »

Harper sourit. « Je vis dans un minuscule appartement qui fait à peine la taille d'une boîte à chaussures. Mais je pense que j'ai un endroit incroyable qui est presque prévu pour l'automne. » «

As-tu vu beaucoup de la ville ici ? As-tu déjà des endroits préférés ? » je demande.

« Eh bien, le café Corina est incroyable. Et la nourriture au Fran's Diner est incroyable. »

« Tu aimes la pizza ? »

Ses belles lèvres charnues se dessinent en un sourire. « Qui n'aime pas ? »

« Eh bien, tu ne le sais évidemment pas encore, puisque tu es nouvelle en ville. Mais il y a une loi qui dit que le lundi soir, les femmes ne sont pas autorisées à entrer dans la pizzeria à moins d'être escortées par un homme du coin. »

Ses lèvres se pressent fermement l'une contre l'autre dans un léger froncement de sourcils. « Vraiment. Cela semble être une règle étrange. »

« Eh bien, c'est une ville étrange. » Je quitte la route pour prendre la longue allée qui mène à la maison. « Alors, puis-je t'inviter à dîner demain soir ? »

Il fait presque nuit maintenant, mais je capte le flash dans ses yeux à la faible lumière du porche. « Parce que c'est la loi, et que tu as besoin que je goûte à ta pizza sauvage des montagnes ? »

« En partie, oui. Peut-être que je suis aussi le seul homme à accueillir les invités ici. » Je me gare, puis me tourne vers elle tandis que nous retirons nos ceintures de sécurité, mes doigts glissant lentement dans les siens. Elle ne s'éloigne pas de moi, se penche plutôt plus près et serre ma main en retour.

« Et peut-être que je n'ai jamais vu une fille aussi jolie que toi avant, et que je dois trouver un moyen de te faire aimer rapidement avant qu'un fermier couvert de fumier ou un bûcheron rempli d'échardes ne gagne ton cœur. »

Sa bouche s'ouvre tandis que ses yeux s'écarquillent. En me penchant, mes lèvres effleurent la coquille de son oreille tandis que je murmure : « Je te taquine juste. Tous les gars ici sont plutôt bien. Ce qui signifie que je vais devoir te faire tomber amoureuse de moi avant que tu ne les rencontres. »

Ça me tue de ne pas l'embrasser, mais je résiste. Au lieu de ça, je cours vers elle et l'aide à sortir, puis je l'accompagne jusqu'à la porte. « J'aurai besoin de ton numéro, s'il te plaît. » Elle me regarde entrer dans mon téléphone sous le nom de Harper Lovely&Sweet. « Merci. Je t'enverrai un message demain dès que nous saurons ce qui se passe avec ta voiture. »

« Oh. Ouais. À ce sujet. » Elle se mord la lèvre et je ne supporte pas qu'elle ait l'air mal à l'aise, même une seconde.

« Qu'est-ce qu'il y a ? »

« Si c'est quelque chose de cher, peux-tu me le dire d'abord ? Je n'ai pas beaucoup d'argent. Donc, euh, je devrais voir si nous pouvons rassembler quelque chose. »

Je secoue déjà la tête. « Ne t'inquiète pas. Je suis sûr que c'est quelque chose de petit. » Quoi que ce soit, je m'en occupe.

Son sourire est hésitant, et le regard lointain dans ses yeux me fait fondre. Debout devant une fille incroyable qui est simplement apparue de nulle part, je me demande s'il y a une part de vérité dans toute cette histoire de manifestation. Ai-je tellement souhaité qu'elle apparaisse qu'elle l'a vraiment fait ? Je n'aurais pas pensé qu'un mec qui était fasciné par les voitures avait ce genre de pouvoir.

Mon pas en avant est à peine un glissement. "Dois-je te laisser entrer, ou peux-tu rester une minute de plus pour que je puisse te dire quelque chose de vraiment important ?"

Ses délicates joues de porcelaine se creusent presque tandis qu'elle sourit. "Eh bien, j'apprends encore des choses sur cette ville, donc je suppose que tu vas devoir tout me dire."

Ma main appuie sur le bas de son dos, nous rapprochant lentement. "Ici dans la forêt, parfois, quand nous devons faire des choses incivilisées, nous rejetons la faute sur toute cette nature sauvage."

Harper se penche plus près, sa main posée sur mon bras. "Incivilisée de quelle manière ?"

« Oh, tu sais. Des choses comme embrasser la plus belle femme que j'ai jamais vue alors que je ne connais même pas son nom de famille. »

« Johnson. »

« Est-ce ta façon de me donner la permission ? »

Ses lèvres se lèvent, puis ses yeux dérivent vers l'est. Suivant son regard, nous inspirons tous les deux brusquement, émerveillés par la lune radieuse, presque pleine, qui s'élève au-dessus des arbres. Quand je me retourne vers elle, Harper s'est avancée, ses lèvres à peine à un pouce des miennes.

« C'est la faute du clair de lune ? » Je murmure avec espoir.

« Bonne idée. »

Nos lèvres se rencontrent doucement, dans un baiser timide et doux. Puis nous nous détendons, nos corps se pressant l'un contre l'autre, nos bouches s'ouvrant alors que l'instant nous dépasse. Mon corps tout entier se sent énergisé alors que je tiens cette femme délicate dans mes bras.

Elle émet un son très faible – presque un gémissement, un murmure, « Mmm-hmm. »

Le baiser me brûle, sa bouche douce et pulpeuse réveille tout ce que j'ai refoulé pendant des années, mais je me force à me retirer, murmurant faiblement contre ses lèvres, « Putain, magnifique. J'ai attendu si longtemps pour te trouver. »

Il lui faut quelques secondes pour ouvrir complètement les yeux. « Quoi ? Tu plaisantes ? »

« Pas du tout. » Il y a du mouvement dans la maison, et je suppose que les autres filles regardent par une fenêtre. « Je ne t'empêcherai pas de faire ton travail d'espionnage secret plus longtemps. Va planifier la domination mondiale, ou quoi que ce soit que tu fasses. »

Harper rit légèrement. « Merci, Griffin. » Elle se met sur la pointe des pieds pour me murmurer à l'oreille, « Tu es peut-être un sale garçon, mais tu es aussi un homme vraiment gentil. »

Je serre mon cœur comme si j'avais été poignardé et m'adresse au ciel. « Sympa ? Elle pense que je suis sympa ? Pouah. »

En titubant jusqu'à la Jeep, je marmonne tristement : « Les mecs sympas finissent derniers. Ils n'ont pas droit à un deuxième rencard. Ce ne sont pas les mecs canon dont rêvent les filles. Je vais devoir rentrer chez moi et repenser toute ma vie. »

En lui faisant un clin d'œil par-dessus mon épaule, je remarque qu'Harper se tient une main sur la bouche pour ne pas éclater de rire. Puis elle rentre à l'intérieur.

En m'éloignant, je réalise à quel point c'était une première rencontre incroyable. Oui, je l'ai embrassée bien trop tôt, mais je ne pouvais tout simplement pas attendre. Maintenant, je vais devoir m'assurer que notre rendez-vous soit incroyable.

Sans parler du fait que j'espère comprendre en quoi consiste son travail pour pouvoir l'aider.

# Chapitre 3

HARPER

En regardant la photo d'une belle prairie de fleurs sauvages sur mon téléphone, j'ai l'impression que mon cœur saute quelques battements. Son message disant que la voiture était une solution facile était mignon, mais ensuite cette photo... Je n'ai jamais eu d'homme qui m'a envoyé des fleurs avant, même comme ça.

Je lève les yeux quand j'entends Nikki et Jocelyn rire. "La voilà qui recommence", dit Nikki avec un sourire. "Elle est complètement paniquée à cause de son grand rendez-vous et ça n'a même pas encore eu lieu."

Je soupire fort et longtemps alors que je m'effondre contre le canapé. Avec la table de la salle à manger complètement couverte de notes et d'une grande carte de Old Hemlock Valley, nous prenons nos pauses café dans le salon.

C'est une si belle maison. La vue incroyable sur la forêt et la vallée depuis l'immense fenêtre de la salle à manger est particulièrement incroyable. Le pilote qui possède l'endroit est absent pendant deux mois et le loue occasionnellement, alors nous avons eu de la chance. C'est beaucoup plus agréable que l'auberge en plein centre-ville. De plus, cela nous donne plus d'intimité pendant que nous travaillons.

"Tu sais ce que tu portes ?" demande Jocelyn avec impatience, assise à l'autre bout du canapé.

Nikki se penche en avant dans le fauteuil. "Ouais.Nous n'avons pas pu le voir en détail, mais Griffin semble être un type stable, travailleur et normal. Il ne faut pas avoir quelque chose de trop sophistiqué.

« Il a déjà dû remarquer que tu es vraiment jolie. » Jocelyn sirote son café en me regardant attentivement. « Peut-être que tu devrais relever tes cheveux à moitié pour qu'ils ne cachent pas ton visage. »

« Je sais que je devrais me plonger dans tout ce que nous avons appris sur la psychologie et la communication non verbale. » Mes yeux se roulent légèrement. « Mais je ne veux pas. J'ai l'impression que... Je ne sais pas. C'est peut-être ringard, mais j'ai l'impression que je devrais laisser la nature suivre son cours et essayer de me détendre ? » Mon annulaire gauche traître trouve son chemin vers mes dents. C'est le seul ongle que je ne peux pas m'empêcher de ronger quand je suis stressée. L'arrachant de ma bouche, je prends une lente inspiration. « Même si je veux essayer de paraître moins ringarde. Je ne veux pas qu'il sache que je suis une accro aux livres geek qui n'a jamais eu de rendez-vous auparavant. »

Le menton de Nikki se lève brusquement. « Vraiment ? Jamais ? »

« Non. Mais... euh... » Je me sens déjà rougir, et je baisse les yeux, mes mains tremblent. « On s'est vraiment entendus hier soir, donc je pense que les choses vont bien se passer. Tant que je me tiens. »

Mes amis se regardent, puis finalement Jocelyn dit : « On n'a pas pu s'empêcher de remarquer que vous étiez tous les deux restés sur le porche pendant un moment avant que vous n'entriez. Ensuite, nous étions tous absorbés par le travail, et je ne voulais pas être indiscrète. » Ses yeux scintillent. « Mais avons-nous le droit de demander s'il t'a embrassé pour te dire bonne nuit ? »

Je n'ai pas besoin de répondre. Mes joues enflammées le font pour moi.

« Incroyable ! On n'est ici que depuis quelques jours et Harper s'est déjà fait plaisir ! » Le rire de Nikki résonne autour de nous. « Je me demandais si l'une de nous tomberait sur un homme des montagnes sexy. Enfin, pas moi bien sûr... »

Jocelyn et moi rions. Nous sommes à l'âge où la plupart des gens sortent déjà un peu ensemble. Mais Jocelyn et moi sommes toutes les deux assez timides, et Nikki a juré de ne plus sortir avec quelqu'un avant ses vingt-cinq ans. Selon elle, les relations amoureuses sont toujours inutiles avant cet âge, car personne ne prend les femmes au sérieux avant d'avoir presque trente ans.

"Honnêtement, je pense qu'une relation d'entraînement pourrait être une bonne chose pour toi." Nikki se lève d'un bond. "A quelle heure est-ce que tu le retrouves ?"

"Il vient me chercher à six heures." L'horloge au mur indique cinq heures et quart, mais j'ai déjà pris une douche et je me suis maquillée. Je ne sais pas quoi porter pour sauver ma vie.

"Assez tôt", dit Jocelyn en hochant la tête. "J'aime ça."

"Où vas-tu ?" demande Nikki.

"Jim's Pizza sur Main Street. Ça a l'air d'être un endroit calme."

"Parfait." Nikki se lève d'un bond et me prend par le bras, me traînant jusqu'à la chambre d'amis.

Quand nous sommes arrivés, nous avons tiré à la courte paille pour savoir qui aurait quelle chambre. J'ai eu la petite chambre d'amis douillette, Nikki a eu la chambre principale et Jocelyn dort sur le canapé convertible dans la salle de télévision au sous-sol. Elle dit qu'elle préfère être là-bas parce que c'est plus calme.

Les quarante-cinq minutes suivantes sont floues alors qu'ils me font essayer plusieurs tenues, tripoter mes cheveux et ajouter un peu plus de fard à paupières charbonneux.

"Est-ce qu'on pense qu'elle a besoin d'un peu de brillant à lèvres ?" Jocelyn me fixe avec l'œil analytique d'un chirurgien.

"Pas de brillant à lèvres." Nikki attrape mon rouge à lèvres, en tamponne une touche sur son doigt, puis le fait rebondir légèrement sur ma lèvre inférieure. "Ses lèvres ne peuvent pas avoir l'air collantes. Il ne peut pas avoir peur de l'embrasser." Elle tripote encore une fois mes cheveux, puis recule. « Parfait. Décontractée, mais jolie, et suffisamment habillée pour qu'il sache que tu es excitée par le rendez-vous. »

Je dois dire qu'ils ont fait du bon travail. La robe bleu marine de Nikki avec un léger motif en filigrane bleu roi est incroyablement confortable. Associée aux bottes en cuir souples de Jocelyn et à ma veste noire unie, j'ai l'air d'une jeune femme relativement élégante et normale, pas d'une nerd légèrement obsédée par les études.

On frappe à la porte et nous regardons tous l'horloge du couloir. « Une minute plus tôt », murmure Jocelyn. « Cela signifie qu'il a hâte de te voir. »

Quand je vais répondre, les deux autres se précipitent pour s'asseoir sur le canapé, essayant d'agir de manière décontractée mais se penchant beaucoup trop en arrière pour y parvenir.

À la seconde où j'ouvre la porte et que nos regards se croisent, un essaim de papillons commence à danser une sorte de boogie interdit dans mon bas-ventre. Griffin a l'air terriblement sexy dans un pantalon de costume noir, une chemise boutonnée noire, ses cheveux épais repoussés un peu en arrière. Bien que sa silhouette musclée soit légèrement plus dissimulée dans cette tenue, la courbe épaisse de son épaule est clairement soulignée alors qu'il s'appuie sur le chambranle de la porte.

« Waouh, souffle-t-il. Tu es encore plus magnifique qu'hier. »

Il tend trois petits bouquets de fleurs mélangées : des marguerites gerberas lumineuses, des lys péruviens fuchsia, de la lavande et quelques petits œillets blancs et jaunes. Il regarde à l'intérieur et sourit aux autres filles sur le canapé, qui écoutent clairement chaque mot. « Je me suis dit que trois charmantes dames devraient chacune avoir des fleurs pour égayer leur semaine. » J'étais

déjà abasourdie par la photo de fleurs qu'il avait envoyée par SMS plus tôt. De vraies fleurs ? Pour un premier rendez-vous ? Et il a inclus mes colocataires ? Cela semble déjà sérieux. C'est incroyable et déstabilisant en même temps.

Jocelyn se lève d'un bond pour ramasser les bouquets. « C'est incroyablement attentionné de ta part, Griffin. Merci." Elle me lance un regard appuyé.

"Merci beaucoup", lance Nikki. "Tu as compris ? Beaucoup ? On va te les mettre dans l'eau, Harper. Amuse-toi bien."

— Oui, merci, c'est très gentil. Je prends mon sac à main et lui prends le bras. J'ai l'impression de flotter hors de la porte et de traverser le porche, puis je cligne des yeux, incrédule. Ma voiture est dans l'allée, à côté de celle de Griffin. — Comment as-tu fait ? —

Deux frères aînés et beaucoup de véhicules. Tu serais étonnée de ce que je peux faire. Il sourit. — L'ancienne suspension de ta voiture a fait bouger les connexions du démarreur. Nous l'avons réparée en moins d'une heure. —

Merci. À la portière de sa voiture, je me tourne vers lui. La partie de moi qui suit les instructions écrites à la lettre se débat sans la moindre indication. — Je devrais te dire quelque chose. Ma voix est si douce que je suis surprise qu'il puisse m'entendre. — Je n'ai jamais eu de rendez-vous avant. Donc s'il y a des règles ou quoi que ce soit dont je devrais être conscient, ou si je fais quelque chose de mal, dis-le-moi. D'accord ?

Sa main se pose sur ma hanche, puis l'autre s'emmêle dans l'arrière de mes cheveux. « Il n'y a qu'une seule règle, Harper. » Sa voix grave et rauque est calme tandis que son souffle chaud flotte sur mon oreille. « Et c'est que nous nous amusions bien. Si quelque chose ne te plaît pas ou si tu veux changer quelque chose, dis-le simplement. Tu es complètement responsable de toute cette soirée. Compris ? »

Je commence à hocher la tête lorsque ses lèvres se posent sur ma pommette. « Je n'aurais pas dû te voler un baiser hier soir avant de t'emmener à un vrai rendez-vous. » Sa voix est encore plus enfumée lorsqu'il parle si doucement, me faisant sentir les vibrations à l'intérieur de mes cuisses. « Mais je n'ai pas pu te résister. Même maintenant, je ne devrais pas penser à embrasser ces lèvres parfaites avant de te nourrir. Et pourtant, je le fais. »

Une vague de résolution me traverse. Si j'agis timidement maintenant, cela va donner le ton de notre soirée. Mais si je lui fais savoir que je suis intéressée, tout se passera mieux. Tout ce que j'ai à faire, c'est de laisser mes actions dire ce que je n'ai pas les mots pour.

Tournant rapidement la tête, j'attrape ses lèvres contre les miennes. Une fois de plus, il ne faut que quelques secondes pour que notre doux baiser, presque innocent, devienne sauvage.

Lorsque les lèvres de Griffin s'entrouvrent légèrement, je me sens transformée. Captivée. En harmonie avec l'univers. Mon corps a pris le contrôle de mon esprit et cherche désespérément à explorer cette incroyable sensation.

Et je sais déjà que je veux ne faire qu'un avec lui, si tu vois ce que je veux dire.

# Chapitre 4

GRIFFIN

Embrasser Harper ne ressemble à rien d'autre au monde.

La tenant près de moi, je me tourne pour que mon dos soit contre la voiture, pour qu'elle ne se sente pas enfermée. Elle garde son corps serré contre le mien, les doigts s'emmêlant dans mes cheveux tandis que nous gémissons tous les deux sous la pression de ses seins fermes contre ma poitrine. Je m'affale pour elle, aimant le fait qu'elle ne mesure qu'environ un mètre soixante-dix.

Alors que ses lèvres s'entrouvrent davantage, nos bouches bougent comme une seule, l'énergie féroce du baiser me fait rougir tandis qu'une étrange obscurité bouillonne du fond de ma gorge, me donnant envie de grogner comme un animal. Je ne me suis jamais senti aussi possessif, si proche de la limite de mon contrôle. Je veux cette femme plus que tout autre chose de toute ma vie.

Il me faut toute ma force pour me presser doucement contre elle, créant un centimètre d'espace entre nous. « Je pourrais t'embrasser toute la nuit, chérie, » je grogne, « mais j'ai le sentiment que tes amis continueront à regarder par la fenêtre. De plus, je veux vraiment te servir la meilleure pizza de ce côté de la montagne. »

Elle est follement mignonne quand elle rougit. « Ouais. Un dîner serait bien. »

Alors que nous roulons en ville, je demande : « Alors, j'ai à peine eu un aperçu, mais ça ne ressemblait pas à une zone de fête folle là-dedans. Juste beaucoup de livres et de papiers. Vous trois travaillez vraiment ce mois-ci ? »

Elle lève les yeux au ciel en utilisant toute sa tête. « Griffin. Tu crois vraiment que je vais laisser échapper ce que nous faisons ? »

« Je suppose que non. » Je hausse à moitié les épaules, me penchant en arrière sur mon siège. Il me vient à l'esprit que pour la première fois depuis des années, je conduis avec une charmante jeune femme dans ma voiture lors d'un rendez-vous officiel. « Mais alors, que suis-je censé dire aux gens quand ils me demandent ce que fait ma belle nouvelle amie dans la vie ? »

Harper éclate de rire alors que nous tournons en ville. « Pourquoi quelqu'un te demanderait ça ? »

« Parce que c'est le genre de question que les gens posent. Comme... D'où viens-tu ? » Je me gare sur le parking à côté de chez Jim et je coupe le contact en la fixant du regard. « Alors ? »

« Ma famille a beaucoup déménagé quand j'étais petite. J'ai vécu à Chicago, à St. Louis, à Charlotte. Mais j'habite à Kingsville pour mes études. »

J'ouvre sa portière, puis je lui prends la main en entrant. « Kingsville est une jolie ville. J'y suis allée une fois il y a plusieurs années. Mais je suppose que je suis comme un chêne – planté là où le gland est tombé par hasard. »

La fille de Jim, Bianca, travaille ce soir et nous installe dans le coin rond près de la fenêtre de devant. Cela me donne l'occasion de prendre le manteau d'Harper et de le suspendre pour elle, puis de me glisser près d'elle.

Elle est d'une beauté à couper le souffle avec le devant de ses cheveux attachés en arrière pour attirer un maximum d'attention sur ses yeux. La douce lumière ambrée fait briller sa peau pâle.

Alors que nous parcourons nos menus, je remarque que la main gauche d'Harper continue de graviter vers sa bouche avant qu'elle ne la retire. Après la deuxième fois, je lui demande : « Est-ce que tu te ronges les ongles quand tu es nerveuse ? Et si oui, est-ce que ça veut dire que je te rends nerveuse ? »

Elle lâche un long et doux soupir. « C'est plus difficile de lire sous cette lumière et je ne veux pas que tu voies mes lunettes. »

« De quelle année s'agit-il, 1950 ? J'adorerais voir tes lunettes. Plus important encore, je ne veux pas que tu fatigues tes yeux à cause de ce que tu crains que quelqu'un puisse penser. »

Elle glisse une élégante paire de lunettes à monture bleu marine de son sac à main sur son visage, et j'oublie presque de respirer.

Elle lit le menu pendant un moment, puis se retourne pour me surprendre en train de le regarder et fronce les sourcils. « Quoi ? Ce n'est pas ce à quoi tu t'attendais ? »

Je me penche et je murmure : « Chérie, tu es déjà magnifique. Mais ces lunettes sont à la fois adorables et sexy. »

« S'il te plaît. Tu dis ça juste pour être polie. »

Mes lèvres se posent contre son oreille. « Pas du tout.Si nous n'étions pas dans un restaurant, je prendrais ta main maintenant et la placerais sur mon entrejambe pour que tu puisses sentir à quel point je suis dur rien qu'en te regardant avec ces jolies petites lunettes.

Un bruit doux et brisé s'échappe de sa gorge, ses lèvres s'entrouvrent. J'en profite pour l'embrasser fort, vite et profondément pendant quelques secondes avant de m'asseoir résolument. « La pizza est incroyable ici, bien sûr. Mais si tu veux aussi partager un plat de pâtes, ça me plairait. »

Harper est rouge et sourit. « Euh, j'ai la mauvaise habitude de lire tout le menu avant de décider de ce dont j'ai envie. Tu ne veux pas choisir quelque chose, puis découvrir qu'il y a trois autres choses incroyables. »

« Intelligent. Fais tes recherches avant de commencer le processus de prise de décision. »

« Exactement. »

Nous lisons dans un silence confortable, et je jette un coup d'œil furtif autour du restaurant. Il y a quatre autres couples ici, tous des gens mariés que je connais, ou que j'ai vus si souvent que j'ai l'impression de les connaître.

J'entends une soudaine inspiration brusque, puis Harper baisse les yeux, comme si elle espérait que personne ne l'entende. « Qu'est-ce qu'il y a ? »

« Rien. »

Je tends ma main paume vers le haut jusqu'à ce qu'elle la prenne. « Harper, je sais que tu ne me connais pas très bien, mais je te promets que tu peux me faire confiance. Est-ce qu'il y a quelque chose sur le menu qui t'a fait peur ? »

Ses lèvres pulpeuses se pressent l'une contre l'autre pendant un moment. « La faute de frappe dans les mentions légales en bas. Regarde. »

Je suis le bout de son doigt jusqu'à l'endroit où il est écrit « Café en 2024. Tous droits réservés ».

Je ris à haute voix, mais elle me fait taire. « Ils ont dû utiliser la voix pour envoyer des SMS », murmure-t-elle. « Je ne veux pas leur dire, parce qu'ils se sentiront juste mal. »

La plupart des gens riraient aux éclats de cette drôle de faute de frappe, la signaleraient au serveur et rigoleraient bien aux dépens du restaurant. En attendant, Harper ne veut blesser personne. Mon cœur se gonfle. Elle est gentille, elle pense aux autres même si elle ne les connaît pas. C'est quelque chose que j'attends d'une fille de campagne née et élevée, pas d'une fille de la ville. Cela indique également qu'elle est très mature pour son âge. Cela rend en quelque sorte ce lien encore plus solide.

« C'est gentil de ta part. » Je lui serre doucement la main. « Hé... Est-ce que ça te dérange que j'aie trente ans ? »

« Non, est-ce que je devrais ? » Ses beaux yeux s'écarquillent tandis qu'elle y pense. « Je veux dire, je n'ai que vingt et un ans, mais ce n'est pas une différence d'âge si folle, je ne pense pas. »

« Bien. » J'hésite. « Comme je l'ai dit, je fais partie de ces personnes qui sont coincées au même endroit. Je veux dire, j'ai un peu voyagé – Californie, Floride, Nouveau Mexique... »

Harper sourit. « Tous des endroits agréables et chauds. C'est logique. »

« Ouais. Mais comme l'entreprise familiale et mes frères sont ici, je n'ai jamais pensé à partir. » Mon pouce caresse sa main. « Et tu n'es ici que pour un mois. »

« Peut-être deux. »

« Comment se passe ta vie à Kingsville ? » je demande.

Son visage se plisse comme si elle venait de sentir quelque chose d'horrible. « En ce moment, j'ai un horrible petit appartement au-dessus d'un salon de manucure. Je sens les fumées tout le temps. Et la seule fenêtre est orientée au nord, donc je n'ai pas assez de lumière naturelle pour lire. »

« Pouah. Il faut que tu sortes de là. »

« Exactement. Mais je ne veux pas de colocataire, et c'est vraiment cher tout seul. » Ses yeux s'illuminent. « Mais tout va changer ce lundi. Il y a un endroit incroyable qui est un peu plus grand et qui a une immense fenêtre orientée au sud. C'est un peu moins cher que l'endroit où je suis actuellement, et la propriétaire veut le louer à une jeune universitaire. »

Mon sang commence à se glacer.

« Elle ne répondra à aucun appel à ce sujet avant lundi matin, car elle est en vacances. Mais je connais sa réceptionniste. Si j'appelle et que je suis prête à signer un bail de trois ans, l'endroit est à moi. »

Le craquement de la glace dans mes veines est distrayant. Bien sûr, je veux qu'Harper ait de l'air frais, de la lumière du jour et un foyer qu'elle aime. Mais elle pourrait avoir tout cela et plus encore si elle décidait de rester à Old Hemlock Valley.

Ses sourcils se froncent tandis qu'elle fronce les sourcils, comme si elle ressentait mon malaise. « Je veux dire, Kingsville n'est pas si loin. C'est seulement... »

« À sept heures de route », dis-je rapidement. « J'aurais peut-être dû chercher. »

Ses beaux yeux bleu foncé s'écarquillent. « Vraiment ? Pourquoi ? »

Résister à l'envie de l'embrasser ici même dans le restaurant est un exercice de maîtrise de soi difficile. « Je ne commence jamais quelque chose si je ne suis pas sûr de pouvoir faire ma part pour le terminer. » En regardant nos doigts entrelacés, je suis frappé par la légèreté de sa main délicate comparée à ma peau rugueuse et usée par le travail. « Je sais qu'aucune fille gentille et intelligente ne rêverait jamais de finir avec un dépanneur. » Je change de voix pour faire une horrible tentative d'accent snob de la haute société. « Pardonnez-moi, technicien automobile. »

Harper rit, puis elle se penche vers moi. « Je vais te dire un secret. »

« Comme... quel genre de travail tu fais ? »

« Non. » J'aime qu'elle prenne nos mains et me tape légèrement avec mes propres doigts. « Je n'ai jamais imaginé un futur mec. Donc, tu sais. Mon esprit est une page blanche là-dessus. »

« Mais les filles intelligentes rêvent d'être mariées à des médecins, des avocats, des entrepreneurs. Des hommes d'action, ou quoi que ce soit. »

Son menton se lève jusqu'à ce qu'elle me regarde de haut. « Vous me dites que j'ai mal rêvé, monsieur ? »

« Euh... apparemment, oui. »

J'adore la facilité avec laquelle nous rions ensemble. La façon dont ses yeux s'adoucissent quand elle me regarde. La façon dont nos corps dérivent l'un vers l'autre de leur propre chef, comme la façon dont toute la longueur de nos cuisses se touche, et je n'arrive pas à m'empêcher de murmurer à sa petite oreille mignonne.

Je n'ai jamais été aussi pendue aux mots de quelqu'un.

Je suis officiellement amoureuse.

Maintenant, il me faut juste que Harper se détende un peu et apprenne à me faire suffisamment confiance pour ne pas passer cet appel à propos de l'appartement la semaine prochaine.

# Chapitre 5

HARPER

Griffin avait raison – la pizza chez Jim est stupéfiante. Il avait aussi raison de commander des pâtes pour l'accompagner. Pas seulement parce qu'elles étaient absolument délicieuses, mais aussi parce que l'acte de partager de la nourriture avec lui était vraiment doux. Il était extrêmement soucieux que nous obtenions des quantités exactement égales, même si je lui ai dit que j'étais beaucoup plus petit que lui et que je n'avais pas besoin d'autant de carburant.

Ce sentiment d'être à l'aise avec un homme ridiculement attirant est fascinant. Si je devais marcher dans la rue avec lui en ville, toutes les femmes de notre âge nous regarderaient fixement. Il ne semble pas du tout s'en rendre compte.

Une fois le dîner terminé, nous traversons la rue et descendons un pâté de maisons jusqu'au Corina's Coffee, qui est apparemment le seul endroit ouvert tard le lundi soir.

"Ne vous laissez pas tromper par le panneau indiquant les horaires du magasin", dit Griffin en m'ouvrant la porte. "S'ils ont l'air fermés, restez devant la porte avec des yeux tristes de chiot et ils vous feront probablement un café."

"Ha ! Bon à savoir, merci. Même si je dois dire que Riggs a une machine à café fantastique."

"Je suis content que tu restes là-bas." Griffin nous conduit à la table près de la fenêtre. "Riggs est un type génial. Je suis sûr que tu es en sécurité."

Cela me fait un peu rire qu'il soit si préoccupé par ma sécurité. C'est comme s'il endossait le rôle de petit ami alors que nous n'avons même pas encore terminé notre premier rendez-vous. Personnellement, je ne pense pas qu'il soit tout à fait réaliste de se lancer directement dans une relation qui a déjà des problèmes logistiques, mais j'apprécie qu'il veuille essayer.

Pourtant, un sentiment de froid m'enveloppe comme une cape. Dois-je nous permettre de commencer quelque chose alors que je ne sais pas encore si je suis prête ? Reprends-toi, Harper. Retiens juste tes petites habitudes bizarres de ringard comme lire les petits caractères et concentre-toi sur lui.

Après avoir pris des mochaccinos glacés et quelques brownies au chocolat à la menthe, Griffin me raconte des histoires sur certaines des personnes qui passent en voiture. Il connaît pratiquement tout le monde par sa voiture, son camion ou, dans un cas, son quatre-roues qui descendait Main Street.

Je ne peux pas m'empêcher d'écouter le couple à la table du fond, mais ils ne parlent que d'un marché de producteurs locaux, rien qui puisse être interprété comme des ragots.

"Whoa, ça va ?" Griffin me prend la main. « Tu as semblé à des millions de kilomètres pendant une seconde. »

Je sais que nous sommes censés garder notre travail secret, mais Griffin connaît tout le monde ici. Avoir un initié aiderait vraiment. De plus, je lui fais vraiment confiance. Prenant une lente inspiration, je sais que je vais être un connard pour faire ça sans consulter mes partenaires de travail au préalable, mais cela me semble juste.

« Griffin, dirais-tu que les gens dans les petites villes ont tendance à bavarder davantage parce qu'il y a moins de nouvelles en général que dans une grande ville ? »

Son large sourire est incroyablement adorable. « Peut-être. Mais il y a aussi l'aspect soudé d'une petite ville. Nous voulons savoir ce que font les gens pour pouvoir intervenir et aider si nécessaire. »

Il est intéressant de constater qu'aider les gens est la première chose à laquelle il pense.

« Ok, je veux te dire ce que les filles et moi faisons ici. » Je me penche, remarquant que ses yeux se posèrent sur mon décolleté pendant une demi-seconde avant de revenir vers moi. « Mais je dois te jurer de garder le secret le plus complet. »

Il prend ma main et la pose sur son cœur. « Harper, je jure solennellement que je ne parlerai à personne de ton travail. Sauf à Nikki bien sûr, ou à Jocelyn, si tu me demandes de leur transmettre des informations ou autre chose. D'accord ? »

« D'accord. »

Soudain, je suis nerveux à l'idée qu'il va me juger.

Prenant une profonde inspiration, je décide de tout cracher. « Nous faisons des recherches pour l'étude en cours du professeur Clifford Hewitt sur les réseaux de communication. Nous prenons des notes détaillées sur les sujets les plus fréquemment discutés publiquement dans les villes de différentes tailles. Il veut aussi voir si les nouvelles se promènent en personne à l'ère d'Internet de la même manière qu'il y a vingt ans. Il a donc envoyé des étudiants chercheurs dans de petits quartiers de grandes villes, de villes moyennes et de petites villes pour voir comment les ragots se propagent. »

Griffin cligne des yeux plusieurs fois. « Waouh. Je ne sais pas à quoi je m'attendais, mais ce n'était certainement pas ça. »

« Le problème, c'est que les gens ne communiquent pas de la même façon avec les étrangers, alors on dit aux gens qu'on est juste trois amis en vacances pour l'été, en train de rattraper notre retard scolaire, en train de préparer nos lectures pour le semestre d'automne, ce genre de choses. »

« Pendant ce temps, tu espionnes tout le monde ? »

« Pas d'espionnage, je te jure ! On ne fouille pas dans les affaires privées de qui que ce soit. On écoute juste les bavardages qui se déroulent à un volume raisonnable dans des lieux publics très fréquentés. » Je hausse les épaules. « Il pense qu'enregistrer les gens serait flippant, et je suis d'accord. Noter des sujets et des nouvelles avec une description vague de la personne rend le tout plus clinique. Distancié, tu sais ? »

« Donc tu es curieux de savoir comment les nouvelles circulent. » Waouh, il est tellement sexy quand il rit de cette voix profonde et riche.

« Quelqu'un m'a parlé un jour du soi-disant réseau de chuchotements – apparemment, c'est comme ça que les femmes avertissent les autres femmes si un homme est un pervers. Elles vont même se prendre à part dans la salle de bain pour dire quelque chose. »

« C'est tout à fait vrai. Mais nous ne voulons pas entrer dans des choses aussi louches ou sombres », j'explique. « Nous sommes surtout curieux de savoir ce que les gens veulent partager. Est-ce qu'ils partagent seulement des choses avec leur entourage immédiat, ou est-ce que les gens des petites villes sont plus ouverts à faire une sorte d'annonce générale à la salle s'il y a quelque chose d'intéressant à dire ? »

Quelque chose attire l'attention de Griffin par la fenêtre, et je suis son regard où il regarde un camion sombre passer. « Vous savez, ça pourrait être une comparaison intéressante. » Ses mains tambourinent sur la table pendant un moment. « Jonah, le médecin de la ville, a une amie maintenant. Est-ce le genre de potins joyeux que vous recherchez ? »

« Je suppose que oui. » Je sors mon carnet et je note. « Quel est le nom de famille de Jonah ? »

Quand je lève les yeux, je vois quelque chose scintiller dans les yeux de Griffin. « C'est un Wolfe. »

« C'est son nom de famille ? Tu dis ça comme si ça voulait dire quelque chose. Oh, attends, j'ai vu des panneaux en ville pour des entreprises portant ce nom. Donc Wolfe Mountain porte le nom d'une vraie famille ? »

« Oui. Ils sont très riches et incroyablement respectés ici. Leurs ancêtres ont construit cette ville, ce genre de choses. Alors les gens parlent un peu plus d'eux. » Il n'a pas l'air jaloux, il énonce simplement un fait.

Un sourire lent et sensuel se répand sur son magnifique visage. « Et si on faisait une expérience ? » Son bras glisse autour de moi et me serre légèrement. « Jonah a commencé à sortir avec une fille la semaine dernière, je crois. Si on commençait à sortir ensemble en public, est-ce que ce serait un contraste intéressant ? Voir si les gens parlent plus du médecin Wolfe ou du sale garçon ? »

« Waouh, c'est vraiment une bonne idée. » Je commence à griffonner des notes comme un fou, puis je m'arrête, réalisant que mon annulaire gauche est fermement entre mes dents alors que je le ronge. « Mais ça veut dire qu'on devrait, tu sais, se donner en spectacle, pour que tout le monde nous voie. »

Griffin hausse les épaules. « Est-ce que ça te pose problème ? Ça me va. » Son souffle est chaud contre ma tempe alors qu'il murmure : « Au cas où ce ne serait pas complètement évident, laisse-moi te donner, à toi et à ton étude, des données directes. Tu me plais vraiment, Harper. Je veux te voir autant que possible. »

Je sens mes joues brûler tandis que ma bouche s'étire en un sourire gigantesque. « J'apprécie la clarté. Alors... Tu dis que nous devrions finir notre café et nous promener sur le boulevard bras dessus, bras dessous pour faire passer un message ? »

« Pour la science. Oui. »

Nous terminons notre café et sortons dans la rue, marchant à mes côtés en tenant le bras de Griffin. Puis il change de position pour que nous nous tenions la main, souriant tout le temps. Alors que nous regardons les vitrines et admirons les jardinières, je réalise que Griffin me met vraiment en valeur. Il est super fier d'être vu avec moi.

Ce gros morceau de mécanicien semble m'aimer pour ce que je suis. Enfin, la version de moi où j'essaie de ne pas lui laisser voir à quel point je suis studieux et ennuyeux.

La tête de Griffin se lève brusquement alors qu'un gros pick-up noir passe lentement. C'est comme s'il savait au bruit du moteur qui s'approche. Je suppose qu'en tant que mécanicien, il le ferait.

L'homme plus âgé ralentit lc camion au ralenti à côté de nous et baisse sa vitre, nous faisant un signe de la main. « Griffin, comment allez-vous ? »

« Excellent, merci, monsieur. »

L'homme me sourit, puis fait un clin d'œil à Griffin et démarre. Je le remarque en train de saluer poliment presque tout le monde dans la rue, mais Griffin est le seul qu'il s'arrête pour saluer.

« Qui est-ce ? »

Pour la première fois, une note sérieuse colore la voix de Griffin. « C'est Carver Wolfe. Le père de Jonah. »

« Je suppose que c'est un gros bonnet de la ville ? »

« Ouais. La plupart des habitants du coin se comportent comme s'il était un deuxième maire. »

Nous retournons à la voiture de Griffin, nous arrêtons pour dire bonjour à ses voisins ou à ses clients à plusieurs reprises.

« Si vous voulez tester le réseau de potins local, dit-il en m'ouvrant la porte, vous les filles devrez surveiller le café demain matin. C'est là que les seniors se réunissent pour leur séance de discussion matinale.

« Super. Merci. »

Il se penche, faisant glisser ses lèvres le long de ma gorge. « Il est encore assez tôt. Dois-je prendre la route panoramique pour venir chez toi ? »

Un frisson me parcourt tandis que je me demande où nous allons finir. « Bien sûr. »

Que se passe-t-il ? Il y a à peine une semaine, j'étais sûre de vouloir prendre ce superbe appartement à Kingsville. Ma plus grande décision a été de trouver un emploi à temps plein immédiatement ou simplement un emploi à temps partiel pour pouvoir suivre quelques cours supplémentaires.

Ici, à Old Hemlock Valley, tout semble beaucoup plus simple. Je veux Griffin. Il me veut. Et demain, mon travail consistera à déterminer si nous sommes ou non le sujet de conversation de la ville.

Sauf que tout s'est passé si vite que je n'ai pas eu l'occasion de me demander... Suis-je prête à ce que toute ma vie soit bouleversée ?

# Chapitre 6

GRIFFIN

Au cours de la soirée, Harper et moi discutons de tout et de rien, puis de tout à nouveau. D'un côté, j'ai l'impression que nous nous connaissons depuis bien plus longtemps que vingt-sept heures. De l'autre, j'ai hâte d'en apprendre beaucoup plus sur elle.

Nous roulons sur une des routes sinueuses de campagne, puis nous nous arrêtons à un point de vue qui offre une vue incroyable sur l'un des sommets de la montagne d'un côté et sur la vallée de l'autre. La lune est presque pleine et sa lueur fantomatique semble toucher chaque arbre à des kilomètres à la ronde.

J'aide Harper à sortir de la voiture et, même si elle porte un manteau léger, j'attrape ma veste et l'enroule autour de ses épaules. "Ce n'est pas une cape très glamour, mais tu apprendras bientôt qu'il y a du vent ici la nuit."

Elle me sourit gentiment. J'ai laissé les phares allumés, donc il y a juste assez de lueur pour capter le sourire dans ses yeux. "J'aurais pensé que tous ces arbres bloqueraient le vent. Et, tu sais, la montagne elle-même."

"On pourrait le penser, mais le vent souffle dans les angles selon des schémas imprévisibles. C'est donc toujours une bonne idée de s'habiller en couches ici, au cas où."

Appuyé contre le côté de la voiture, je tourne Harper vers la vallée, la tirant contre ma poitrine. Avec mes bras enroulés autour de sa taille, elle fond bientôt contre moi.

« Tu vois cette crête là, avec la partie rocheuse ? » Je pointe légèrement vers l'ouest.

« Ouais. »

« La plupart de ce terrain... » Mon doigt dérive vers le nord, « est tout sale. » Je la sens rire contre moi, son cul ferme et chaud me rend fou à chaque fois qu'elle bouge. « Ouais, je sais. Ha ha. »

« Qu'est-ce qu'il y a sur le terrain maintenant ? »

« Rien. Juste une forêt vierge. C'est un terrain familial – nous le gardons et l'entretenons simplement. Nous enlevons les arbres morts, vérifions les chemins accidentés, ce genre de choses. »

« Donc c'est un investissement, en quelque sorte ? »

« Hmm. » Je n'y avais jamais pensé de cette façon. « Je suppose que oui. Un investissement dans l'avenir de notre famille, bien sûr. Papa a pensé à construire une petite cabane là-bas dans la partie la plus sombre de la forêt pour une escapade d'automne. »

Harper se retourne et me regarde avec des yeux brillants. « Je suppose que les familles d'ici sont intemporelles comme la montagne, n'est-ce pas ? »

« Oui, on pourrait dire qu'on s'enracine comme les arbres et qu'on ne part jamais. »

« Ça doit être sympa, » soupire-t-elle. « Ne jamais avoir à chercher un appartement, puis à se battre pour battre des dizaines d'autres candidats. Ou penser qu'on emménage dans un joli quartier, mais qu'on n'a pas eu le temps de vraiment vérifier le bruit qu'il fait un samedi soir. » Elle frissonne. « Ou ne pas prendre la peine de vérifier si des vapeurs de vernis à ongles s'échappent du sol. »

Je veux lui dire qu'elle n'aura plus jamais à s'inquiéter de tout ça. Que si elle veut rester ici, je prendrai soin d'elle pour toujours. Non. Je devrais garder ma bouche bien fermée sur ce genre de choses pendant un certain temps encore.

« Ça doit vraiment être pénible de devoir déménager souvent. »

« C'est le cas. C'est le cas. Mais l'éducation passe toujours en premier. » Ses yeux s'écarquillent. « Ne pensez pas que je crois que l'école formelle est la seule forme d'éducation. Vous avez dit que vous aviez fait votre apprentissage avec votre père et vos frères. C'est aussi une éducation importante. »

« Oui. Et j'ai fait mon apprentissage avec quelques mécaniciens à West Stoneburg dans certaines spécialités. J'ai aussi suivi deux ans de collège communautaire grâce à des cours en ligne. »

Ses yeux s'illuminent. « Est-ce que ça vous a plu ? »

« J'ai aimé certaines choses. Bourrer mon cerveau de nouvelles informations est incroyable. C'est satisfaisant, je suppose qu'on peut dire. Comme si je faisais quelque chose de productif. » Mes yeux se roulent alors que mes paumes commencent à travailler en cercles autour de son bas du dos. « Même si j'ai trouvé certaines structures un peu frustrantes.La façon dont ils ont eu l'impression qu'ils devaient découper les choses en segments de la taille d'une bouchée et les rendre de longueurs identiques alors que cela n'avait aucun sens de procéder de cette façon. Comme si c'était réglementé pour le plaisir de l'être. Est-ce que cela a du sens ?

Elle hoche lentement la tête. « Je suppose que je pense toujours à un cours ou à un module comme un tout, mais si tu y penses plutôt pièce par pièce, oui, je comprends. » Le

corps d'Harper s'ajuste parfaitement au mien alors que j'appuie une paume contre le bas de son dos, puis que je fais glisser mon autre main très lentement de l'os de sa hanche vers ses côtes. « Oui, en tant que mécanicienne, je pense aux choses pièce par pièce. Comme cette pièce ici... »

Ma bouche plonge pour tracer une ligne de baisers le long de sa clavicule. « Et cette pièce ici... » L'embrassant lentement juste sous son oreille, je sens tout son corps frémir contre moi.

« Et tu sais... Comme je conduis généralement une dépanneuse, je dois penser à des choses comme le poids et la force, et à la façon dont les choses s'assemblent. »

Elle crie alors que je lui agrippe les hanches, la faisant basculer pour s'asseoir sur le capot de la voiture. Je me tiens entre ses jambes écartées, et ses bras s'enroulent autour de mon cou pour se maintenir.

« Devrions-nous encore mettre ça sur le compte du clair de lune ? » J'aime la façon dont elle tremble quand je respire doucement contre son oreille.

« Peut-être », me murmure-t-elle en retour. « Ou alors on pourrait blâmer tout le sucre que nous venons de manger à cause de ces brownies ? »

« Excellente remarque. Nous ne sommes pas dans notre état normal. »

Je relève sa robe d'un côté pour faire glisser mes doigts autour de son genou. « Si ce n'était pas pour cette montée de sucre de folie, je n'aurais jamais le courage de faire ça. »

Mes lèvres planent sur les siennes, pas vraiment pour les embrasser, juste pour les taquiner. Finalement, je baisse la tête, pressant ma bouche contre la sienne alors que je sens une poussée d'adrénaline instantanée. Elle m'embrasse en retour avec chaque once de sa passion, me saisissant, me tenant contre elle comme si elle avait faim de moi. Son souffle devient instable, ses doigts saisissant la nuque.

« Un petit pétard si chaud », je murmure contre ses lèvres, me déplaçant alors que sa bouche s'ouvre pour me permettre de creuser plus profondément.

C'est exquisément calme, avec rien d'autre que les arbres qui bruissent faiblement autour de nous. Rien ne vient bloquer le son de la respiration d'Harper, ses doux petits gémissements, la façon dont elle halète lorsque je glisse ma main le long de ses côtes pour prendre sa poitrine ronde et ferme. Elle gémit doucement, roulant son épaule en arrière pour me donner un meilleur accès.

Chaque chose en elle, les mots et le langage corporel, crie « feu vert ». Si je ne voulais pas me battre si durement pour être un gentleman au lieu d'être un vrai Dirty Boy, je pourrais envisager de la prendre sur le siège arrière de la voiture.

Ma main glisse lentement sous sa jupe, sur son genou, le long de sa cuisse. « Tu as dit qu'une partie de ce que tu étudiais était la communication, n'est-ce pas ? »

« Ouais », halète-t-elle, tandis que je mordille sa lèvre inférieure.

« Alors tu sais que nous pouvons ralentir à tout moment. Dis-moi juste, ou pousse-moi, ou... »

Elle saisit le col de ma chemise, me tirant plus près d'elle jusqu'à ce que mon corps soit coincé fermement contre le sien, mon érection dure comme de la pierre pulsant entre ses jambes.

« C'est ce que tu veux, sexy ? Me tirer dans tous les sens et utiliser mon corps pour ton plaisir ? »

Harper renverse la tête en arrière alors qu'elle rit, ses yeux brillants au clair de lune. « Tu donnes l'impression que je sais ce que je fais. Pour de vrai ? Je n'ai aucune idée de ce qui se passe ici. »

Mes doigts effleurent l'intérieur de ses cuisses, se faufilant lentement vers l'intérieur. « Je pense que ce qui se passe, c'est que je vais voir quel genre de bruits d'animaux chauds je peux faire sortir de ma belle fille. »

Ses yeux s'enflamment quand je l'appelle mienne. Je veux tellement que ce soit vrai.

J'aime qu'elle dise oui par la façon dont ses jambes toniques se resserrent autour de moi. Par la façon dont ses doigts rapprochent mon cou tandis que ma main plonge dans sa culotte. Mes yeux se ferment alors que je me délecte de la sensation de sa peau la plus douce contre le bout de mes doigts.

Mon autre bras se place derrière elle, soutenant le dos d'Harper lorsque sa respiration devient irrégulière alors que je fais glisser mes doigts contre elle. Lentement, j'explore ses plis, son ouverture légèrement humide et le bouton sensible juste au-dessus. Je l'embrasse juste au moment où je pose mon doigt à plat sur son clitoris, aimant la façon dont elle sursaute, puis gémit contre moi.

Chaque contact, chaque caresse, me rend plus positif qu'elle est la bonne.

Ce n'est probablement pas juste de penser de cette façon. Je rêve de trouver une femme depuis des années. Harper se concentre uniquement sur son projet, ses cours et l'obtention d'un appartement meilleur et plus sain. Je suis un homme mauvais et cupide de vouloir l'éloigner de sa vie. Pourtant, c'est bien. Je peux le sentir dans mes os. Je le sens dans la façon dont elle se tord doucement contre moi, inclinant ses hanches pour me dire qu'elle en veut plus.

Je l'embrasse comme si je buvais de ses lèvres douces. Son miel sucré recouvre mes doigts alors que je les plonge plus profondément, glissant à l'intérieur juste un peu alors que mon pouce atterrit fermement sur son bouton, pompant doucement dedans et dehors tout en travaillant de petits cercles sur son clitoris. Les

cuisses d'Harper se serrent, son corps se secoue puis frémit alors qu'elle me serre fermement.

"Est-ce ce dont tu as besoin, chéri ? De jouir sur ma main tout de suite sous la lune ?"

"Ouais", souffle-t-elle, puis elle m'embrasse à nouveau, comme si elle voulait montrer son désir sans mots.

Je peux sentir son innocence, dire que chaque chose que nous faisons est toute nouvelle pour elle. La partie primitive de mon esprit d'homme des cavernes veut la revendiquer entièrement à cet instant. Dire à chaque homme dans un rayon de mille kilomètres qu'elle est à moi et à moi seule.

Alors que le vent se lève, faisant bruisser les feuilles des arbres, ses doux gémissements contre mes lèvres deviennent plus forts. Bientôt Harper halète, dégoulinant dans ma main alors que je retire ma bouche de la sienne pour qu'elle puisse respirer. Elle est si proche, marmonnant mon nom tandis que sa tête se secoue d'un côté à l'autre, ses ongles piquant la nuque.

"Est-ce ce dont tu as besoin, ma belle ?" Je souffle contre son oreille. "Un homme sale pour te faire des choses sales ici dans le noir ?"

"Mmm-hmm." Sa voix tremble d'excitation.

"Tu es une fille si convenable la plupart du temps. Intelligente, douce et studieuse. Mais ici dans la forêt, tu n'es qu'une petite force sauvage de la nature, n'est-ce pas ?"

"Mmm-hmm." Elle a dépassé le stade des mots, mais je peux dire à l'éclat dans ses yeux qu'elle apprécie le mien.

"Tu vas devenir toute folle pour moi maintenant." Mon majeur glisse plus profondément et je sens sa chatte se serrer autour de moi durement. « Je vais m'enfoncer en toi ici et voir quel genre de bruit tu fais. »

Sa tête se renverse en arrière avec un cri rauque, alors que je sens ses muscles intérieurs spasmer autour de mon doigt tandis que mon pouce palpite plus fort contre son clitoris. J'ai l'impression d'avoir appuyé sur une sorte d'interrupteur caché et d'avoir libéré le désir d'Harper pour la première fois.

Elle jouit fort et vite, tremblant contre moi sans pouvoir rien faire. « C'est ça, » je murmure. « Lâche tout pour moi, chérie. » Une autre poussée la traverse et je rigole. « Oh, ouais. Je pense que tu en avais besoin. Ta petite chatte chaude a été négligée pendant bien trop longtemps. »

J'embrasse sa clavicule alors qu'Harper reprend son souffle. « J'aimerais te préparer un dîner chez moi demain soir. Ensuite, je vais t'ouvrir et te manger en dessert. C'est ce que tu veux ? »

Elle hoche déjà la tête langoureusement. « Mmm-hmm. »

La brise se lève et, lorsqu'elle se transforme en vent, je retire mes doigts, riant de son halètement de surprise lorsque je suce mes doigts pour les nettoyer. « Juste un avant-goût pour me faire patienter. »

Je l'emmène dans la voiture et la ramène chez elle. Elle semble hébétée.

Après avoir accompagné Harper jusqu'à la porte, je l'entoure de mes bras et la serre contre ma poitrine. « À quelle heure puis-je venir te chercher demain soir ? »

Ses yeux sont encore plus profonds dans la lumière ambrée du porche. « Oh. Euh, je suis désolé... Je ne me souviens plus où nous allons être. Puis-je t'envoyer un message ? »

« Bien sûr. »

Relevant son menton avec mon doigt, je lui donne un baiser doux et tendre. « Ton travail est important pour toi. Je ne me mettrai jamais en travers de ça. Passe une bonne nuit. »

« Toi aussi. Et, euh, merci pour le dîner. »

Elle est si adorablement troublée. J'attends qu'elle soit en sécurité à l'intérieur pour partir, mes mains tambourinant sur le volant. Mon esprit devrait être rempli de pensées sur tout ce que je dois faire pour préparer notre dîner.

Mais d'abord, après être rentré à la maison, je revivrai les moments forts de cette soirée parfaite, ma bite dans ma main pour ne pas exploser sous la surcharge de désir débridé qu'Harper déchaîne en moi.

# Chapitre 7

HARPER

« Tu quoi ? »

Le cri de surprise de Nikki fait sursauter Jocelyn, puis rire.

J'ai attendu qu'ils aient tous les deux bu au moins une tasse de café avant de leur révéler que notre relation avec Griffin était désormais un sujet d'actualité locale à comparer aux ragots de Jonah et de sa nouvelle petite amie. Je me suis dit que les apaiser en leur préparant le petit-déjeuner pourrait apaiser la discussion.

À la façon dont Nikki plisse les yeux, je peux dire qu'elle n'est pas amusée. "Je ne pense vraiment pas que nous soyons censés nous mêler à cette étude."

"Eh bien, c'est arrivé. Passons à autre chose." Jocelyn se tourne vers moi. "Je ne demande pas tous les détails croustillants, mais est-ce que ça se passe bien jusqu'à présent ? Comment s'est passé ton rendez-vous ?"

Ils rient tous les deux en voyant mes joues roses. "Oh mon Dieu, elle en a eu !" s'exclame Nikki. "Et alors ?"

Ma tête tremble. Il n'y a aucun moyen pour moi de parler de ce qui s'est passé la nuit dernière sans devenir rouge cramoisi.

La plupart de ce que je ressens pour Griffin ne peut pas être exprimé par des mots : c'est une grande première pour moi. Je suppose que notre relation va être remplie de premières fois. J'adore le fait qu'il soit plus âgé, expérimenté et qu'il ait le culot de faire ce qu'il veut. Il me veut vraiment. Mais est-ce qu'il va continuer à penser de cette façon quand il me connaîtra mieux ?

"Remettons-nous au travail." Je me lève et remplis nos tasses, puis je prends un de mes blocs-notes toujours présents. "Griffin m'a expliqué que la famille Wolfe dirigeait en quelque sorte Old Hemlock Valley. Ils possèdent beaucoup de terres dans le coin et tout un tas d'entreprises."

"Ouais, je vois leur nom dans toutes les annonces locales", intervient Jocelyn.

"C'est vrai. Donc si Jonah Wolfe est issu d'une famille bien connue et que la famille de Griffin Dirty est moins connue, est-ce que la nouvelle de leur nouveau... " Mince, je ne sais même pas comment nous appeler. "Je veux dire, le fait qu'ils sortent tous les deux avec quelqu'un qui vient d'arriver dans cette ville. Est-ce que cette nouvelle circule au même rythme ?"

Nikki attrape son ordinateur portable. « Nous commencerons par un aperçu de leurs histoires familiales respectives. Je donnerai à chacun d'entre nous une section, puis nous irons en ville pour travailler dessus pendant que nous écoutons. Je prendrai celle de Fran. Jocelyn, tu prendras celle de Corina. » Elle me sourit. « Harper peut prendre place sur ce banc à l'extérieur de la bibliothèque et voir si quelqu'un la reconnaît comme la vedette de la ville. »

Mes yeux se roulent, mais je sais qu'elle a raison. « Bien sûr. Oh, j'ai oublié de le mentionner. J'ai vu l'un des Wolfe seniors hier soir. Carver Wolfe, le père de Jonah. Hmm. » Je m'arrête dans ma prise de notes. « Il a simplement fait un signe de tête pour saluer tout le monde sur Main Street, mais il s'est arrêté pour dire bonjour à Griffin. Je ne sais pas pourquoi, mais ça m'a semblé important d'une certaine manière. »

Le stylo de Jocelyn vole sur la page. « Si les deux familles sont ici depuis longtemps, peut-être qu'il est un ami du père de Griffin ? »

« Peut-être. »

« Comment s'appelle son père, au fait ? »

« Aucune idée. »

Nikki rit. « Je suppose que tu devras poser un tas de questions lors de ton prochain rendez-vous. » Elle me regarde droit dans les yeux et hausse un sourcil. « Quand est-ce que c'est ? »

« Demain soir. Il veut me préparer à dîner. »

Jocelyn sourit. « Traduction : il veut être seul avec elle. »

Nous plongeons dans nos recherches et j'essaie de ne pas me laisser abattre par leurs taquineries. Pourtant, certaines choses continuent de tourner dans un coin de ma tête, ce qui m'empêche de me concentrer sur le travail.

Est-ce une très mauvaise idée de commencer une relation avec un homme qui vit dans une si petite ville, sur une montagne où tout est si rude et accidenté ? Je ne sais rien de la vie dans une ville de montagne. Mais à en juger par les gros camions que j'ai vus aujourd'hui transporter du matériel d'exploitation forestière sur Main Street, j'ai l'impression que beaucoup de choses sont dangereuses ici.

Avec Griffin à mes côtés, je me sens incroyablement en sécurité, car je sais pertinemment qu'il ne laisserait jamais rien de mal m'arriver. Même si les seules observations que j'ai faites sur la façon dont un homme devrait traiter une femme viennent de livres et de films. Pas de manuels factuels. Une partie de moi se sent complètement prise au dépourvu.

Je suis particulièrement mal préparée à la réalité : je ne pense pas avoir l'appartement parfait, mais plutôt déménager ici.

Je regarde de haut en bas dans la rue, je fais semblant d'écrire dans un journal tout en notant des fragments de conversation que j'entends. Comme toujours, on parle beaucoup de la météo. Quelqu'un a organisé une petite fête d'anniversaire ce week-end. Un homme plus âgé grogne auprès de son ami qu'il est sûr de savoir qui accapare quelques thrillers d'espionnage de la bibliothèque qu'il veut lire. Apparemment, il attend depuis plus d'un mois et pense qu'il devrait y avoir une amende pour les lecteurs lents.

Cela me fait rire. En écrivant, je manque presque de voir une femme d'âge moyen discuter avec une femme plus âgée qui, je suppose, est sa mère.

« Tu te souviens ? Nous avons rendez-vous avec Jonah demain pour vérifier ça. »

« Oh, oui. » Les yeux de la vieille dame scintillent tandis qu'elle sourit. « Nous devrons apporter des tartes aux framboises supplémentaires au cas où sa nouvelle amie lui ferait à nouveau office de réceptionniste. »

« Nous ne savons pas avec certitude s'ils sont ensemble », sourit la fille, marchant lentement tout en tenant le bras de sa mère.

« Pfft. Bien sûr qu'ils le sont. Tu as vu la façon dont il la regardait. »

Ils sont hors de portée de voix avant que je puisse écrire quoi que ce soit d'autre. Mais cela prouve qu'au moins Jonah fait parler de lui.

Cela rend mon esprit encore plus agité pendant les heures qui suivent, alors que je prends des notes dans plusieurs autres endroits du centre-ville, puis je récupère les filles et je rentre chez moi. Est-ce que je veux qu'on parle de moi ? Bien sûr que non.

Est-ce que je veux être connue comme l'amie de Griffin, par contre ? Bien sûr que oui. Je ne peux pas m'en empêcher. Chaque fois que sa voix profonde et sexy murmure à mon oreille, c'est comme si j'étais ivre de désir et je ne pense pas que je veuille jamais dessoûler. Je veux juste laisser passer ce sentiment pour voir ce qui se passe ensuite.

Vous savez... pour la science.

# Chapitre 8

GRIFFIN

Cuisiner pour Harper est instantanément devenu l'une de mes activités préférées. Ma belle fille dévore chaque bouchée du simple poulet à la mijoteuse, des pommes de terre et des carottes dans son assiette. Tout au long du dîner, elle me parle de son travail et de sa fascination pour les différents styles de communication et de langage.

"Alors, ce projet est la dernière partie de ton cours ou quelque chose comme ça ?" je demande en débarrassant la vaisselle.

"Non. C'est un stage pour le professeur Hewitt. Un emploi d'été rémunéré qui est suffisamment pertinent pour que je puisse le mettre sur mon CV."

« Quel genre de travail penses-tu chercher ? » Je me dis qu'elle devra peut-être rester en ville pour sa carrière. Soudain, mon dîner commence à me peser sur l'estomac. « Est-ce que ce sont des emplois que tu peux faire à la maison ? »

« Oh, bien sûr. Ou dans les cafés, à la bibliothèque. J'aime travailler dans des endroits différents. » Elle hésite. « Je regarde par la grande fenêtre de mon superbe nouvel appartement. » Ses épaules s'affaissent. « Tu n'as aucune idée du temps que j'ai passé à chercher quelque chose dans ce quartier, dans un joli immeuble. »

La simple idée qu'elle déménage ailleurs qu'ici me retourne l'estomac, mais je fais de mon mieux pour l'ignorer pour l'instant.

Harper couine tandis que je la prends dans mes bras et la porte sur le canapé. Elle a l'air délicieuse, dans une robe d'été verte qui rend sa peau encore plus claire.

« J'aime aussi travailler dans des endroits différents, magnifique. Tu te souviens quand j'ai parlé de ce que je voulais pour le dessert ce soir ? »

Ses beaux yeux flamboient. « Ce n'était pas juste des chuchotements cochons à mon oreille pour... tu sais... m'exciter ? »

« Pas moyen. »

Je me penche pour capturer ses lèvres avec un baiser profond et persistant. Une fois que je sens son pouls s'accélérer, son souffle s'accélérer, je m'éloigne. « C'est ce que tu veux, ma belle ? Que j'écarte tes jambes sexy et que je te mange en dessert ? »

Ma voix redevient basse et enfumée. Les choses que cette fille me fait. Ma bite palpite déjà dans mon jean, suppliant d'être libérée. La nuit dernière, je me suis branlé plusieurs fois en son honneur, mais rien ne me calme. Seulement elle.

Harper hoche la tête, les yeux écarquillés. Puis ses lèvres parfaites se dressent dans un sourire coquin. « Me pardonneras-tu si je rigole ? Je suis un peu chatouilleuse. »

« Je pardonnerai tout, chérie. »

Je m'assois à côté d'elle, glissant ma main sur son ventre, puis plus haut, l'embrassant doucement tandis que je caresse ses seins à travers le tissu fin. Ses lèvres douces s'ouvrent, permettant au baiser de s'approfondir tandis que son corps tremble légèrement. J'adore son impatience.

Finalement, je m'éloigne, tenant le devant de sa robe pour pouvoir incliner ma tête et prendre son téton entre mes lèvres. Son petit souffle fait monter mon pouls.

Je repousse la table basse avec mon pied, puis je m'agenouille devant elle. Elle m'aide à remonter sa robe, puis me regarde dans les yeux tandis que je retire sa culotte. Écarte ses cuisses blanches et soyeuses, je passe ma main sous ses fesses, l'inclinant de façon à ce que sa chatte nue soit à l'angle parfait pour moi.

En regardant sa peau la plus douce, je veux graver l'image dans mon esprit. Mes paumes courent le long de l'intérieur de ses cuisses lisses, l'écartant lentement davantage. Elle se mord la lèvre inférieure, puis hoche la tête en voyant mon sourcil levé.

"Si délicat et magnifique", je marmonne. Penché en avant, j'écarte doucement ses plis avec mes pouces, les caressant doucement, tandis que je fais danser le bout de ma langue le long de sa peau. Sa main se pose sur mon épaule, et je lève les yeux pour la voir me regarder avec incrédulité.

"Essaie de te détendre, chérie. Dis-moi juste ce que tu aimes."

Harper semble au-delà des mots, hochant simplement la tête.

Sa peau est douce, comme si elle fondait contre ma langue. En léchant lentement son creux, j'explore, me promène, prends mon temps avec ma précieuse fille. Mes doigts tracent doucement son ouverture, et je vois son ventre palpiter. Son clitoris gonfle, dépassant légèrement comme s'il implorait mon attention. Je drape une de ses jambes sur mes épaules, puis je creuse, me régalant de sa douceur.

Ses jus sucrés inondent ma langue, et ses gémissements doux et tremblants emplissent mes oreilles. C'est le bonheur.

"Laisse tout aller." Mon insistance ressemble plus à un ordre. "Respire, bébé. Laisse faire."

Ses cuisses tremblent autour de moi alors qu'elle hoche la tête, une main s'enroulant dans mes cheveux. L'extrémité épaisse et émoussée de mon majeur pousse à l'intérieur alors que je taquine son clitoris avec ma langue. Je peux sentir qu'elle a des questions, mais tout ce qui tombe de ses lèvres sont des cris de plaisir doux et indistincts.

Savoir que je suis son premier me remplit d'un profond sentiment d'objectif. Pas seulement son premier. Je veux être seulement elle. Je veux que cette belle femme tombe amoureuse de moi.

J'aplatis ma langue contre son bouton palpitant, le travaillant fort tandis que je l'écarte avec deux doigts. Harper halète bruyamment, tremblant alors que sa bouche s'ouvre. Elle s'accroche à mes cheveux comme si sa vie en dépendait tandis que son corps se cambre, la force de son orgasme frémissant à travers chaque muscle.

"Parfait," je grogne, léchant plus de son nectar. Puis je me lèche les doigts et me penche en arrière avec contentement. "Le meilleur dessert de ma vie."

Je m'assois sur le canapé, la blottissant dans mes bras alors qu'elle retire sa robe. "Griffin," murmure-t-elle. "C'était..."

"Une merveilleuse fin de notre nuit ?" J'embrasse le haut de sa tête. "D'accord. Sauf que je dois encore te reconduire chez toi et t'embrasser pendant une durée inappropriée devant ta porte d'entrée."

Je sais qu'Harper étudie la communication. Pourtant, malgré son esprit brillant, elle ne sera jamais capable de comprendre combien de mots sont transmis dans son doux petit sourire.

# Chapitre 9

HARPER

Il y a eu quelques moments dans ma vie où mon cerveau s'est senti si plein, comme une tasse de café jusqu'au bord, qu'une petite inclinaison l'a envoyé partout.

Comme quand j'ai révisé pour les examens. Chaque fois que j'ai dû déménager et tout organiser dans un énième petit appartement minable. Des comptes rendus de livres. À la fin d'un projet, en train de faire la relecture finale.

C'est tellement plus que ça.

Après avoir passé la majeure partie de la journée au Fran's Diner, à noter les nouvelles de la ville pendant que les gens discutent, je me rends à Valley Automotive. Quand je m'arrête, je vois un groupe d'hommes debout et assis sur des chaises de jardin devant la porte ouverte du garage de la zone commerciale. Avant même que je puisse ouvrir la portière de ma voiture, Griffin est là pour l'ouvrir pour moi et me prendre la main.

"Hé, bébé."

J'aime qu'il m'embrasse devant tout le monde. Je n'ai pas l'impression de faire une performance. J'ai l'impression qu'il m'a vraiment manqué, même après seulement une journée. Ce qui est complètement illogique. Les êtres humains ne forment pas de liens aussi rapidement. Aucune recherche fondée sur des preuves ne le suggère. Pourtant, cela semble tout à fait réel.

« Tu veux rencontrer tout le monde ? » demande-t-il gaiement, comme s'il était excité de me montrer.

« Bien sûr. »

Griffin me serre doucement la main. « Tu vois ce vieil homme en chemise noire ? »

Il me semble un peu familier, mais je n'arrive pas à le situer. « Oui. »

« C'est Spencer Wolfe. Son fils, Carver, est le type que nous avons vu dans le camion l'autre jour. »

« Et Carver est le père de Jonah ? »

« Ouais. Carver a deux autres fils, Josh et Jace. Le père de Spencer, Adler Wolfe, a construit cette ville. Son cousin et meilleur ami était mon arrière-grand-père, Aiden Dirty. »

« Donc ton arrière-grand-père a aussi construit la ville ? »

Griffin hausse les épaules. « Peut-être. Je veux dire, il était ici. Nous supposons tous qu'il a aidé. » Son sourire sexy fait frémir mon bas-ventre. « C'est quelque chose que tu apprendras sur une petite ville. Des couches de famille et des voisins qui pourraient tout aussi bien être de la famille, ça veut dire qu'il y a toujours de l'aide autour. » Il embrasse le haut de ma tête. « Tu seras toujours en sécurité ici, chérie. »

Il m'emmène rencontrer les hommes. Ils sont assez polis, mais j'ai la nette impression que c'est une « soirée entre hommes » et ils ne savent pas trop quoi faire face à l'intrusion soudaine d'une femme.

Griffin le remarque aussi et me guide jusqu'à ma voiture. À ma grande surprise, il saute sur le siège passager. « Chez moi ? »

Il me semble important qu'il ne se soucie pas que je conduise. Tant de gars insistent pour faire tout le trajet. C'est comme un autre drapeau vert dans un stade entier rempli d'eux.

Quand nous arrivons chez Griffin, je m'assois sur le canapé et je consulte mon téléphone pendant quelques minutes pendant qu'il saute sous la douche. Puis je l'entends se racler la gorge depuis le couloir.

Je lève les yeux et mon téléphone tombe par terre.

Griffin ressemble à un putain de dieu grec. Il est appuyé contre le mur, ne portant rien d'autre qu'une serviette en bandoulière sur ses hanches. "Je sais que je m'appelle Dirty, mais les femmes préfèrent un homme propre, n'est-ce pas ?"

C'est comme si un champ gravitationnel s'était emparé de moi et m'attirait vers lui. Le regardant ouvertement, mes mains commencent à dériver sur son torse sculpté, le long de ses abdominaux ciselés. Le bout de mes doigts gauches se perd dans le tracé sexy de sa hanche, tandis que mon autre main saisit la nuque de son cou, attirant ses lèvres vers les miennes.

Je suis en transe. Mon excitation a pris vie d'elle-même et cela ne sert à rien d'essayer de la combattre même si je le voulais, ce que je ne veux pas. Quoi qu'il arrive, je suis curieuse depuis des lustres.

Griffin prend le contrôle de notre baiser, me possédant avec une faim qui pourrait être normale pour un mécanicien automobile montagnard. Pour moi, cependant, c'est écrasant, mais dans le bon sens du terme. Comme un orage qui éclate au-dessus de ma tête.

Il me soulève, nous fait reculer vers la chambre, puis me pose doucement sur son lit. Ses lèvres glissent le long de ma pommette tandis que sa main descend le long de mon flanc jusqu'à ma hanche. "Dois-je m'arrêter ?"

"Non."

"Y a-t-il un moment particulier où je devrais m'arrêter ?"

J'hésite quelques secondes avant de réaliser que je devrais juste le cracher. "Je prends la pilule. Et je te veux."

Ses pommettes se soulèvent alors qu'il sourit tout en allumant la petite lampe de chevet. "À mon tour d'apprécier la clarté." J'ai

l'impression d'être dans un rêve alors que les mains fortes de Griffin bougent lentement, retirant ma chemise et mon soutien-gorge. Le tissu n'a même pas touché le sol que ses lèvres capturent mon téton,sucer et lécher, trouvant chaque nerf qui est directement connecté à ma chatte.

Tout ce qu'il fait est incroyable, mais c'est ce que je ressens derrière chaque contact qui me fait vraiment mal. Griffin veut me faire plaisir. Prendre soin de moi. Je le sens dans chaque caresse, dans la façon dont il vérifie mes yeux alors qu'il déboutonne mon jean. Je suis prête pour ça depuis un moment, et je suis ravie de le partager avec un homme qui va prendre son temps.

Au moment où je suis complètement nue, je tremble pratiquement de la tête aux pieds. L'anticipation, le désir et la curiosité sont un cocktail intense qui déferle dans mes veines.

"Regarde-toi", grogne-t-il. "Splendide. Magnifique." Le côté gauche de ses lèvres charnues se lève. "Et tout à moi."

Sa serviette touche le sol et il s'allonge à côté de moi, serrant nos corps nus ensemble avant que je puisse bien le voir. Quelque chose m'envahit, et une grande partie de ma timidité naturelle disparaît. Ma main court le long de ses côtes, de son ventre plat et ciselé, puis le talon de ma main heurte son érection.

« Vas-y, » murmure-t-il. « Fais ce que tu veux. »

Ma paume se referme autour de la grosse tête ronde tandis que je masse soigneusement sa longueur. Au début, je crains de ne pas être assez doux, mais ensuite je vois la façon dont ses yeux se ferment à moitié lorsque je caresse plus fort. Après plusieurs longs coups fermes le long de son énorme manche, il devient si épais et raide que je me demande honnêtement s'il va même y rentrer.

Je halète lorsque la main de Griffin masse ma chatte, mes cuisses s'ouvrant pour lui donner un meilleur accès.

Il dépose une ligne de baisers le long de ma mâchoire et de ma clavicule, puis dans ma gorge tandis que ses doigts m'écartent, caressant chaque recoin et chaque courbe. Ma peau est en feu. Pour la première fois, mon cerveau analytique fonctionne sur un instinct animal pur, et c'est incroyable.

Alors que je continue de le caresser, Griffin gémit profondément. « C'est trop bon, magnifique. J'ai besoin que tu arrêtes, s'il te plaît. »

Je relâche son énorme bite, ma main glissant sur ses abdominaux pour caresser sa poitrine. « Pourquoi ? »

« Je ne veux pas exploser dans ta main », rigole-t-il. « Je vais déjà avoir du mal à me retenir plus de dix coups. »

Je halète et frissonne lorsque deux de ses doigts épais glissent en moi. Waouh, je suis tellement mouillé. C'est fou que mon corps prenne instinctivement le dessus. Ses lèvres rencontrent les miennes, alors que deux doigts plongent continuellement profondément, son pouce effleurant légèrement mon clitoris. Il sait déjà comment travailler mon corps et sait tout ce dont j'ai besoin. Mes mains tremblent alors que j'attrape ses épaules, le tenant tandis que je commence à trembler.

« Je peux pratiquement entendre ton esprit sexy s'emballer », murmure-t-il contre mes lèvres. « Ma fille intelligente peut-elle essayer de se détendre et de se laisser aller pour moi ? »

On m'a souvent décrite comme « la fille intelligente », mais ça m'a toujours semblé dédaigneux. Griffin le fait paraître sexy et possessif, et avant qu'une autre pensée ne puisse pénétrer mon esprit débordé, un orgasme se précipite sur moi comme une cascade.

Mon cri faible et essoufflé le fait grogner encore plus fort, m'embrassant fort et profondément tandis que ses hanches se rapprochent des miennes. Ma chatte chevauche sa main, implorant pour plus tandis que mes cuisses tremblent.

« Tellement chaud », gémit-il, frottant mon jus glissant contre mon clitoris jusqu'à ce que je halète à nouveau. « Penses-tu être assez mouillée pour me prendre, bébé ? »

Mon menton se soulève et s'abaisse. Je suis plus que prête pour cette expérience sauvage avec un homme aussi incroyable. Il roule sur moi avec précaution, son souffle chaud contre ma joue. Je peux sentir le bout glissant de sa bite effleurer la peau de ma chatte alors que je m'ouvre largement pour lui.

Griffin me surprend en prenant son temps. Il traîne lentement sa longueur dans mon pli, me taquinant en frottant contre mon clitoris, nous faisant plaisir à tous les deux en caressant notre peau ensemble, nous rendant bien humides.

Je me tends légèrement alors qu'il se glisse en moi juste un peu.

"C'est bon." Je peux entendre l'excitation dans sa voix. En se penchant, il enroule une de mes jambes autour de sa hanche, puis se glisse à l'intérieur d'un pouce. "Regarde-moi, chérie. Tu n'as pas besoin de dire un mot. Laisse-moi juste regarder tes yeux."

Hochant la tête, je prends une lente inspiration, expirant alors qu'il pousse en moi. Je n'avais aucune idée à quel point c'était excitant de se sentir si sexy et vulnérable. Sa grosse bite est bien ajustée, et il fait des mouvements prudents, m'étirant pour m'ouvrir. La question dans ses yeux est claire. J'acquiesce, souriant d'un air encourageant.

Sa paume caresse ma poitrine, son pouce effleurant doucement le mamelon alors qu'il balance lentement ses hanches, entrant et sortant doucement tout en étudiant chacune de mes réactions.

Ce n'est pas seulement la sensation d'être prise. La façon dont Griffin prend soin de moi si intensément me touche aussi profondément que sa bite qui s'enfonce en moi.

Il me veut désespérément.

Il me fait sentir comme une créature de désir sexy et magique, pas seulement un rat de bibliothèque studieux.

Et alors que mon corps commence à bouger avec le sien, je réalise qu'il y a définitivement une chance que je décide de rester ici à Old Hemlock Valley.

Peut-être. S'il y avait une sorte de signe que cela pourrait être permanent.

# Chapitre 10

GRIFFIN

Harper est le paradis.

Mais c'est l'enfer de garder mes mouvements lents et prudents pendant que je me déplace dans sa chatte serrée, soyeuse et humide. Bien qu'une grande partie de moi veuille pousser fort, m'enfouissant dans sa chaleur, il est extrêmement important que je sois doux avec elle.

Ma douce fille me fait l'honneur d'être sa première. Je ne me pardonnerais jamais si je lui faisais du mal.

En caressant fermement mais lentement, j'embrasse l'endroit sensible sous son oreille alors que toute ma colonne vertébrale palpite, me suppliant de me libérer. Pas encore. J'ai besoin de tellement plus.

Chaque gémissement brisé, chaque souffle tremblant, la façon dont son genou parfait tremble autour de ma hanche... Chaque détail est précieux.

Les doigts d'Harper se tordent dans l'arrière de mes cheveux alors que je pompe un peu plus fort, la regardant attentivement. Elle hoche la tête en signe d'encouragement, ses hanches s'inclinant pour se balancer contre les miennes. Son humidité augmente, et je savoure le son de notre peau qui bouge ensemble.

« Tellement parfaite », je murmure, en m'asseyant légèrement alors que je prends son corps contre le mien, ses seins frottant contre ma poitrine. C'est comme si cette jolie fille avait fait ressortir un côté de moi dont je n'étais pas conscient. Sensuel. Sauvage. Et surtout, obsédé par son plaisir.

Mon pouce trouve son clitoris, roulant dessus doucement alors que mon apogée se rapproche de plus en plus.

« J'ai besoin que tu viennes pendant que je suis en toi », je grogne, nous haletant tous les deux si fort que nous pouvons à peine nous embrasser, trop perdus l'un dans l'autre pour arrêter d'essayer.

« Mmm-hmm... » Ses yeux sont vitreux, ses ongles piquent l'arrière de mes épaules alors que ses cuisses se resserrent autour de moi. Je peux sentir ses hanches trembler, chercher, alors qu'elle commence à me baiser en retour plus fort que je ne l'aurais franchement imaginé.

"C'est ça." Je peux sentir le tout début de son orgasme, la façon dont sa chatte palpite autour de moi, m'attirant aussi profondément que je peux aller. Je ne peux pas m'arrêter, je ne peux pas penser, je pousse un peu plus fort, plus vite, jusqu'à ce que mon orgasme entre violemment en collision avec le sien, nous laissant tous les deux tremblants et tremblants.

"Wow," souffle-t-elle, exactement à la même seconde où je murmure, "Merde, ma fille."

Nous rions tous les deux faiblement, reprenant toujours notre souffle et nous embrassant doucement.

Allongée sur le lit avec Harper dans mes bras, je me sens complètement transformée. C'était de loin la chose la plus chaude que j'ai jamais faite de ma vie. La voir bouger avec moi, le son de ses petits halètements... Je vais porter ça avec moi pour toujours.

Un frisson me parcourt l'échine. Je n'arrête pas de lui faire entendre qu'Harper aimerait être ici, dans la vieille vallée de Hemlock, mais elle ne m'a donné aucune réponse.

« Viens ici, ma belle. » Je tire la couverture sur elle tandis qu'elle se blottit contre moi. « Tu sais que je vais essayer de te convaincre de rester ici, » je murmure dans ses cheveux.

« Tu ne me connais même pas encore. » Son souffle chaud se vaporise sur ma poitrine et dans mon cœur.

« Je pense que je sais tout ce qui compte de toi, et je suis déjà en train de tomber amoureuse. » Elle émet un petit bruit qui pourrait être un petit rire, ou peut-être un reniflement. « Alors, à moins que tu sois déjà marié... »

« Bien sûr que non. »

« ... Ou que tu aies trente-trois enfants... »

« J'aime les enfants, » dit-elle d'une voix traînante et endormie, « mais je fixe la limite à vingt-trois ans, merci beaucoup. »

« Ça va paraître cliché, mais c'est génial de vivre ici, dans les montagnes. Tu as dit que tu avais beaucoup déménagé. Penses-tu que tu pourrais un jour t'imaginer vivre dans une petite ville de montagne ? »

Son menton se lève et elle me regarde très attentivement. « Tu t'es senti seul ici, n'est-ce pas, Griffin ? »

« Pour la compagnie d'une femme incroyable ? Oui. »

Alors qu'Harper se lève lentement et trouve ses vêtements, j'ai l'impression que c'était la mauvaise réponse, en quelque sorte. Merde.

« Je dois y aller. Demain matin avec les filles. »

« Dois-je y aller avec toi ? Je n'aime pas que tu conduises seule sur ces routes sombres la nuit. »

Le doux sourire d'Harper me met à l'aise. « J'irai lentement et j'appellerai si je me perds, d'accord ? »

J'enfile un short et un t-shirt et je l'accompagne jusqu'à la porte. « D'accord. J'attendrai ton message pour me dire que tu es bien rentré à la maison. »

« Bien sûr. »

Nous nous arrêtons sur le pas de la porte pour un baiser de bonne nuit, et je déverse tous mes sentiments dans le contact de mes lèvres sur les siennes. En une minute, nous sommes tous les deux à bout de souffle, et je pense à la ramener dans la chambre.

« Mmm. » Harper pose une main sur ma poitrine et repousse doucement mais résolument. « J'ai vraiment besoin de dormir. Grand jour demain. »

« D'accord. » Je veux lui dire qu'elle va me manquer. Que je penserai à elle jusqu'à ce que je la revoie. Que je veux déjà fixer notre prochain rendez-vous, et que je veux qu'il dure cent ans.

Au lieu de cela, je lui fais un bisou sur le front. « À très bientôt, ma belle. »

En regardant son petit cul guilleret se balancer alors qu'elle marche vers sa voiture, je me sens soudain comme un parfait perdant. Les femmes détestent l'odeur du désespoir. A-t-elle deviné à quel point je suis désespéré de la garder pour toujours ?

Nous nous entendons vraiment bien pendant les choses cochonnes.

Je fais juste un sale gâchis des choses sérieuses.

# Chapitre 11

HARPER

Toute la matinée, J'essaie de me perdre dans le calme et le confort qui m'envahissent habituellement lorsque je suis plongée dans mes notes. Heureusement, c'est mon tour de travailler au Corina's Coffee ce matin, j'ai donc une grande table sur laquelle étaler mes livres et mes fournitures.

Comme l'espace supplémentaire dont tu disposerais dans le nouvel appartement, si tu décidais de l'occuper.

Oui, merci, cerveau.

Pendant que j'organise, trie et code par couleur nos découvertes des derniers jours, j'écoute constamment les conversations publiques joyeuses des autres clients.

Les montagnards parlent certainement de la météo plus que de tout autre groupe que j'ai jamais rencontré. Je suppose que c'est logique : apparemment, le temps est assez imprévisible ici, car les collines vallonnées déterminent la direction du vent. L'un des sujets de conversation les plus populaires est le débat sur la fréquence à laquelle la station d'information locale prédit correctement la météo par rapport à certains des anciens de la ville.

Jusqu'à présent, tout le monde jure que Gus Reeves est le champion, mais il est aussi l'un des gars les plus sympathiques de la ville, donc il y a certainement un parti pris local là-dedans.

Et il s'avère que j'adore absolument. Les gens d'ici aiment profondément leur ville d'une manière que je n'ai jamais connue ailleurs. Ils ne font pas de commérages pour dénigrer les gens ou pour se faire passer pour meilleurs. Ils répandent sincèrement les nouvelles locales au cas où quelqu'un aurait besoin de savoir.

C'est sain comme tout. Est-ce vraiment un endroit où je pourrais vivre ?

Je prends des notes de conversation sur un bloc-notes à droite, je trace également des lignes sur le graphique directement devant moi avec une règle, en ajoutant des autocollants codés à certains des principaux sujets de conversation.

La rumeur que nous avons discrètement lancée dimanche à propos d'une nouvelle franchise de hamburgers qui s'installerait en ville a été immédiatement rejetée comme une foutaise. Personne n'y a cru une seconde, car Old Hemlock Valley n'est pas assez grande pour en accueillir une, donc pour autant que nous ayons pu le dire, personne ne l'a transmise.

Puis, lundi, nous avons discuté gaiement d'une mauvaise herbe envahissante vue dans la forêt voisine qui ressemble beaucoup à l'alliaire officinale, mais avec des fleurs orange vif. Nous avons fait semblant de lire à haute voix sur l'ordinateur portable de Nikki, en faisant remarquer que ces plantes devraient être arrachées par les racines pour qu'elles ne se propagent pas. Nous n'avons entendu personne d'autre en parler encore. Peut-être que les gens devraient le voir de leurs propres yeux avant d'en déranger d'autres.

Mais depuis mardi, j'ai certainement entendu quelques personnes mentionner Jonah et sa nouvelle petite amie. Et Jocelyn a rapporté qu'hier, elle a entendu une personne demander à une autre si elle savait quelque chose sur "la nouvelle petite amie de Griffin", et l'autre personne a secoué la tête en signe de refus.

Je peux me sentir me mordre la lèvre en regardant mes informations méticuleusement arrangées, mes marqueurs de couleur et mon téléphone posé sur un support pour que je puisse mieux lire l'écran.

Jetant un coup d'œil sur le côté, un couple se détourne rapidement lorsque je les surprends en train de regarder ma table. Je ne leur reproche pas de me fixer du regard. On dirait que je prépare un braquage. Ou réviser pour les examens. Un comportement d'outsider, sans aucun doute.

Au lieu de me ronger les ongles, je sirote mon café. Puis je soupire. Griffin a besoin d'une femme robuste qui puisse survivre ici. Pas d'une nerd accro aux graphiques et aux autocollants de couleur, et qui a toujours le nez plongé dans un livre.

Une fois le rush du déjeuner terminé, je récupère les filles et nous retournons à la maison pour passer en revue les conclusions de la journée.

"Toujours rien à propos de la franchise de hamburgers, ou des mauvaises herbes envahissantes", dit Jocelyn, en tapotant ses doigts sur la table de la salle à manger.

"Quelqu'un a mentionné Jonah", dit Nikki, "mais pas sa petite amie".

"Ouais", j'acquiesce. "Quatre-vingts pour cent des conversations légères ici portent sur la météo et les anecdotes locales comme la bibliothèque qui pourrait changer ses horaires,ou la surprise spéciale de cette semaine chez Jim's Pizza."

Jocelyn hausse les épaules. « Je suppose que ces gens sont suffisamment sensés pour garder les bavardages locaux comme tels – des bavardages locaux polis. Ils ne parlent pas de choses personnelles en public et ils ne répandent pas de choses qui ne valent pas la peine d'être répandues. »

Dès le début, nous avons convenu que si quelqu'un se penchait pour une conversation ou parlait à voix basse, nous arrêterions d'écouter et de ne pas prendre de notes. Nous ne compterions que les conversations qui semblaient être du domaine public.

« Où allons-nous à partir d'ici ? » ai-je demandé. « La fin de notre première semaine, et je ne pense vraiment pas que nous ayons grand-chose à montrer. »

« Vraiment ? » Jocelyn pointe l'un de mes graphiques. « Nous avons appris beaucoup de nouvelles descriptions de la pluie. » Elle lit la liste. « À peine une petite averse, un peu de pluie, bon pour le jardin et »... elle peut à peine étouffer un rire... « pisse comme une touffe. »

Nous rions tous, puis Nikki se tourne vers moi. « J'ai fait des recherches sur la famille Dirty. Savais-tu qu'ils possèdent une tonne de terres ? »

« Griffin m'a montré une partie de leurs terres. Définis une tonne, s'il te plaît. »

Elle rapproche son ordinateur portable et ouvre une fenêtre. « Tout ça, c'est la terre de la famille Wolfe. » Elle pointe du doigt un relevé d'une immense zone tout autour, avec d'énormes morceaux de terre ombrés en rouge. « Et voici la terre appartenant à la famille Dirty. »

Ma bouche s'ouvre tandis que je me penche plus près. C'est... beaucoup. On dirait presque que certaines des plus grandes superficies de terre ont été achetées ensemble en une seule grande bande, puis divisées entre les deux familles.

Mon téléphone bipe, et je l'attrape avant d'aller dans la cuisine pour mettre une autre cafetière à infuser pendant que j'envoie des textos.

Griffin : Salut, ma belle. J'ai pensé à toi toute la journée, mais surtout quand j'ai croisé Gus, et il m'a posé des questions sur ma nouvelle amie.

Griffin : Je t'ai décrite, et il pense que tu as l'air, et je cite, d'une très gentille jeune femme. Pour mémoire, moi aussi.

Hmm. J'aimerais me considérer comme une personne agréable, mais je suis aussi un peu studieux, un peu délicat et peut-être pas fait pour la vie rude en montagne. Griffin ne voit-il pas que je suis probablement un mauvais choix ?

Je ne peux pas m'empêcher de penser qu'il a tellement désiré une femme qu'il est désespéré de draguer la première fille qui se présente à lui.

Une fille qui se trouve être une citadine rat de bibliothèque complètement inadaptée, trop organisée, qui est malheureusement déjà tombée sous le charme de sa voix grave, de ses mots doux et de la façon dont il lui murmure si passionnément à l'oreille quand il la tient dans ses bras. Une

fille qui n'a que quelques jours pour décider si elle va rester ici ou signer un bail de trois ans pour un appartement à une journée complète de route.

# Chapitre 12

GRIFFIN

Je n'ai jamais été le genre de gars qui est enchaîné à son téléphone. Je l'oublie complètement la plupart du temps, sauf quand il sonne pour me dire de venir remorquer quelqu'un. En ce moment,

je nettoie la cafetière et la cuisine du garage comme excuse pour garder mes mains suffisamment propres pour utiliser mon téléphone, et j'ai presque utilisé un émoticône de sourire clin d'œil dans mon dernier message. Qui diable suis-je en train de devenir ?

Mes frères se moquent déjà de moi sur le fait que j'ai beaucoup changé, maintenant que je suis "enchaîné". Bien sûr, ils n'ont aucune idée que c'est quelque chose dont je rêve depuis toujours.

Puis un de nos clients réguliers m'a donné un coup de coude dans les côtes ce matin et m'a félicité pour ma "petite aventure d'été" avec "une de ces étudiantes".

Je ne savais pas quoi lui dire. Harper et moi n'avons pas vraiment discuté de quoi que ce soit à long terme. J'ai fait des allusions comme un fou, mais il est bien trop tôt pour lui demander directement quel sera notre avenir ensemble. Elle est un peu sur la défensive sur certaines choses. Si seulement elle savait à quel point je veux connaître chaque détail de la femme incroyable dont je suis follement amoureux.

La fraction de seconde où mon téléphone bipe et que je vois que c'est elle, je souris déjà comme un idiot.

Harper : Apparemment, Gus peut prédire la météo avec une précision crédible. Je n'ai pas encore vu de données sur ses capacités à lire les gens.

Eh bien, tu m'as déjà converti. Je prête beaucoup plus attention aux bribes de conversation que j'entends dans le garage.

Harper : Rappelle-toi juste notre règle : si les gens se penchent et baissent la voix, essaie de ne pas écouter.

Eh bien, avec les hommes, nous ne parlons jamais de choses personnelles dans les espaces publics. Mais je ne vais pas partager le genre de bavardages qui se déroulent dans un garage automobile. Certains ne sont pas appropriés pour les jeunes femmes.

Harper : MDR. Oui, probablement pas le genre de choses que je peux mettre dans nos rapports sur la façon dont les nouvelles circulent.

En parlant d'actualités, es-tu occupé ce soir ?

Ces stupides trois points flottent sur mon téléphone pendant ce qui semble être une éternité.

Harper : Je devrais rattraper mon retard au travail ce soir. Harper : Merci. C'est génial d'avoir une paire d'oreilles supplémentaire à différents endroits. Passe une bonne soirée, ma belle. Harper : ?? Tu vois, quand elle utilise un émoticône, c'est adorable. Je suis fichue.

# Chapitre 13

HARPER

Il me manque. Ses murmures séduisants. La sensation de ses bras autour de moi. La façon dont il me regarde dans les yeux si profondément. La façon dont mon corps s'illumine partout où il me touche. En fait,

j'ai vraiment mal de sentir à nouveau son contact, ce qui est carrément... bizarre .

Dès que je me suis réveillée ce matin, je l'ai senti dans mes os. À seulement quelques jours de Griffin, je me sens décalée. Comment puis-je être aussi différente après seulement une semaine dans une petite ville ?

Mon objectif était de faire un travail incroyable sur ce projet, d'appeler pour réserver ce fabuleux appartement à Kingsville, puis de décider de ma direction pour cet automne.

Et maintenant...

je consulte mon téléphone pour voir une photo de fleurs sauvages violettes et blanches d'un homme qui semble déjà... quoi, exactement ? Amoureux ? Obsédé ? C'est difficile à dire.

Je suppose que je ne devrais prendre aucune décision avant que nous passions plus de temps ensemble.

Quand j'arrive à la cuisine, Jocelyn a déjà fait du café et Nikki fait griller des bagels.

« Ha, pour une fois, on t'a devancé au petit déjeuner », rit Nikki en glissant un bagel fraîchement beurré devant moi alors que je m'assois.

« Du nouveau à signaler ? » je demande en attrapant le café sur le comptoir derrière moi. Elles échangent un regard et je sais qu'il se passe quelque chose.

Jocelyn s'assoit à côté de moi. « On a dormi dessus avant de décider de te le dire. Mais tu ferais mieux de le savoir, parce que ça devrait probablement figurer dans nos notes. »

« Qu'est-ce qu'il y a ? »

Nikki s'assoit également. « Hier après-midi, je revenais des toilettes du restaurant. J'étais au coin de la rue, donc personne ne pouvait me voir. Il y avait deux hommes plus âgés au comptoir, qui parlaient de Griffin et de sa nouvelle copine. »

Je ronge déjà la cuticule de mon annulaire gauche. « Et alors ? »

« En gros, tu ne te contenterais jamais de vivre ici, dans les montagnes. Tu es trop fragile. Griffin ne devrait pas trop s'habituer à ta présence. » Elle hésite. « Puis l'autre type a dit que tu ne voudrais probablement pas porter le nom de famille de Griffin et que tu n'apprécierais jamais la vie peu glamour d'une femme mariée à un mécanicien automobile. Tu sais, puisque tu es une fille de la ville chic et tout. »

Qu'est-ce que... Je ne me suis jamais considérée comme chic. Inspirant profondément, je pose ma main gauche sur la table pour arrêter de grignoter. « C'était dit sur un ton de plaisanterie, ou sérieux ? »

« C'était ce que nous décrivons comme des plaisanteries amicales. »

« Est-ce que ça va changer ton avis sur Griffin ? » demande Jocelyn. « Je sais que tu es vraiment en train de tomber amoureuse de lui. »

« Oui, je le suis. J'ai juste... beaucoup de questions. »

Le problème, c'est que j'ai autant de questions pour moi que pour Griffin. Ne suis-je absolument pas faite pour passer l'hiver à la montagne ? Suis-je vraiment le genre de fille qui veut travailler à domicile à plein temps ?

Après le petit-déjeuner, je me cache dans ma chambre pendant un moment avec mes cahiers, en faisant une liste des avantages et des inconvénients. Habituellement, n'importe quel type de liste ou de tableau me détend, mais pour la première fois, mes listes ne fonctionnent pas.

Tous les obstacles potentiels qui m'empêchent de rester avec Griffin et de construire une vie ensemble sont des notes simples et succinctes. Ma carrière. Le temps sauvage. L'inconnu. Ma peur du changement. Griffin ne réalise pas à quel point je suis une nerd.

Mais les raisons de rester sont impossibles à exprimer avec des mots. Le réconfort que je trouve dans ses bras. À quel point il me fait me sentir bien dans ma peau. Ce que je ressens pour lui. La façon dont sa voix grave me transporte dans une autre dimension.

Je halète bruyamment lorsque je réalise que je suis en train de griffonner des cœurs sur le côté de la page. Je pense que je suis déjà amoureuse de Griffin. Mais il n'y a pas de mots pour le décrire,et je ne sais pas comment lui poser toutes les questions sans fin qui tourbillonnent dans mon esprit.

# Chapitre 14

GRIFFIN

Le dimanche après-midi, la vieille vallée de Hemlock est particulièrement endormie, ce qui me permet de repérer encore plus facilement la voiture de Harper garée devant le Fran's Diner. Nikki était sur le banc près de la bibliothèque, même si elle est fermée aujourd'hui, et je suis presque sûre d'avoir vu Jocelyn dans la vitrine du Corina's Coffee. Je suppose que ces filles sont si dévouées qu'elles ne prennent même pas de week-end de congés – même si, pour être honnête, elles ne travaillent sur ce projet que pendant une courte période. Je suppose que chaque jour compte.

Je pensais savoir ce que je dirais au moment où je rentrerais chez Fran's, mais il se trouve que mon esprit est un bourdonnement statique. Je me suis réveillée en panique, réalisant qu'Harper devait prendre sa décision dans environ vingt-quatre heures, et mon esprit n'est toujours pas clair.

Sa tête se lève brusquement lorsqu'elle me voit avancer vers elle. Je fais signe à Myrna de prendre un café et lui en indique un autre pour Harper en me glissant dans son box. « Je suis désolée d'interrompre votre travail. »

« Ce n'est pas grave. » Son sourire doux est si pur qu'il illumine toute mon âme. Puis mes yeux se posent sur un bloc-notes à côté d'elle avec une liste détaillée alors qu'elle le retourne pour que je ne puisse pas la lire.

« Des secrets sur moi ? » je demande alors que deux tasses à café sont glissées devant nous.

« Tu as faim, Griff ? » demande Myrna.

« Je ne sais pas encore. Je te ferai signe si j'ai faim. »

« Prends ton temps, mon cœur. »

Dès qu'elle est partie, Harper regarde le bloc-notes d'un air coupable. « Faire des listes m'aide à réfléchir. »

« C'est juste. Tu veux avoir toutes les informations pour ta grande décision de demain matin. »

« Ouais. » Elle hésite, se mordant la lèvre. « Je veux dire... Ce n'est que trois ans. Ce n'est pas la fin du monde. »

« Bébé. » Je lève mes mains, paumes vers le haut, l'invitant à les prendre. « Je veux que tu choisisses ce qui te rendra heureuse. Mais je sais que tu aimes calculer les choses. Vérifie-les. Réfléchis. Et je dois être sûre que tu as toutes les informations qui pourraient être pertinentes pour ta décision. »

Ses yeux pétillent. « Tu penses que j'ai oublié des informations ? »

« Je veux juste vérifier. » Levant sa main droite, j'embrasse doucement le dos de celle-ci, puis j'embrasse encore plus prudemment le bout de son pauvre annulaire mordu.

« Je ne suis pas un homme cultivé et raffiné. Je suis juste un passionné de voitures. Mais je suis une bonne communicatrice, je pense. Alors je vais te demander franchement : que puis-je faire pour te faire une vie ici ? »

Je déteste la façon dont sa lèvre inférieure tremble. « Je ne sais pas », murmure-t-elle. « Je veux dire, ça ne fait qu'une semaine. Tout se passe si vite. Et je suis à un stade de ma vie où... tu sais. C'est difficile de savoir ce que je veux. »

« Tu vois, c'est pour ça que je pense que je pourrais être vraiment bien pour toi. » En regardant autour de moi, je vois quelques gars plus âgés au comptoir en train de savourer leur café, et même si je ne pense pas qu'ils puissent nous entendre, je me penche quand même et murmure. « Harper, si tu viens vivre avec moi, tu n'auras pas à payer de loyer. Tu n'auras plus jamais à te soucier de l'argent. Tu pourras étudier autant que tu veux, travailler autant que tu veux, faire tout ce que tu veux. Tu seras absolument libre. »

Sa bouche s'ouvre de surprise. « Mais... je veux dire... je devrais payer ma part. »

Je hausse les épaules, serrant ses mains. « Si tu le veux et que ça te rend heureuse, très bien. Mais ce n'est pas nécessaire. Tu pourrais passer toute ta journée à lire et à étudier, ou à faire du bénévolat, ou à travailler... Les possibilités sont infinies. En fin de compte, tu peux faire tout ce qui nourrit ton esprit et ton âme sans avoir à te soucier de l'argent. »

« Comment est-ce juste ? »

« Il y a cinquante ans, c'est ce que tous les hommes faisaient pour leur partenaire. » Ma tête tremble. « Je ne dis pas que je veux une relation ultra traditionnelle d'il y a cinquante ans. Je dis juste que dans notre cas, je veux subvenir à tes besoins. Je suis prête à me poser. À me marier. Tout ce que tu veux. » Ma gorge se serre et je dois me racler la gorge. « Harper, tu es l'élu. Et dans un monde parfait, je sais que je sortirais avec toi pendant au moins deux semaines avant de te le dire. Mais le monde n'est pas parfait. Et l'idée que tu vives si loin pendant trois ans me donne la nausée. »

Sa langue frôle ses lèvres tandis qu'elle regarde nos mains jointes. Puis elle murmure : « Merci d'avoir dit tout ça. J'ai juste besoin d'un peu plus de temps pour réfléchir. »

« Je comprends."

Lâchant ses mains, je prends une gorgée de café. "Alors, dans l'intérêt de passer plus de temps ensemble, pourrais-je éventuellement te préparer à dîner à nouveau ce soir ?"

"Bien sûr."

Je paie la facture, puis je l'aide à emballer ses affaires. Nous passons devant Nikki sur le banc de la bibliothèque et lui lançons les clés de la voiture d'Harper pour qu'elle puisse ramener Jocelyn chez elle. J'ai besoin qu'Harper soit avec moi ce soir. Si je peux faire quelque chose pour influencer sa décision, je dois tout mettre en œuvre maintenant.

Le temps que nous arrivions chez moi et que nous nous amusions à préparer des sloppy joes, je peux sentir Harper se détendre.

Nous nous installons sur le canapé après le dîner, mon bras autour d'elle. "Nous pouvons faire tout ce que tu veux ce soir, chérie. Un film. Des câlins devant le feu. Des jeux de cartes."

Elle rit. "Tu sais, j'ai toujours voulu apprendre à jouer à l'euchre. Ou au bridge. Mais pour l'instant..."

J'aime qu'elle se penche et m'embrasse en premier.

Ma main agrippe déjà sa taille, puis se lève pour caresser sa douce poitrine à travers son t-shirt. « Je peux sentir un tableau détaillé important dans ton baiser, bébé. Il comprend un diagramme de chaque partie de ton corps que je dois vénérer en ce moment. »

« Griffin. » Sa voix est à peine un souffle alors que ses beaux yeux bleus profonds deviennent sérieux. « Même si tout cela s'avère n'être que quelques semaines de plaisir, tu ne serais pas en colère si je partais quand notre travail sera terminé, n'est-ce pas ? »

Son corps atterrit sur le mien alors que je la tire au sol. « Je ne serai jamais en colère contre toi. Surtout pas pour avoir suivi ton cœur. »

Je me redresse, je lui retire son t-shirt et son soutien-gorge, puis j'embrasse un cercle entre ses seins. « Ton cœur est pur. Alors suis-le. Toujours. »

Elle lève les yeux vers moi, les yeux légèrement embués. Hochant la tête, elle force un sourire. « Mon cœur m'a dit que je devais sortir avec toi alors que je ne te connaissais même pas. Donc je suppose qu'il fait quelque chose de bien. »

Mon front se presse contre le sien. « Je pense que tout ce que tu fais est bien. Mais je suis un peu partial, parce que... tu sais... tu es ma personne préférée. »

Harper rit, puis halète quand je retire son jean et ses sous-vêtements. Puis je prends la télécommande sur la table basse et mets la télévision sur la chaîne de la cheminée et me déshabille pendant qu'elle hoche la tête en signe d'approbation. « Eh bien, tu es certainement efficace. »

« Pas le temps de faire un feu. En plus, tu es déjà super sexy. »

Ses yeux roulent, puis elle gémit légèrement alors que mes lèvres se fixent sur son mamelon et que ma main glisse entre ses jambes. J'ai l'impression que le flou de ses questions s'est presque dissipé et que le soleil commence à sortir. Comme si elle me faisait confiance. Comme si elle savait que je ferais n'importe quoi pour elle. Sa main saisit le doux tapis alors que je m'agenouille entre ses jambes, drapant une cuisse sur le canapé et l'autre sur mon épaule.

Cette fois, je sais exactement ce qu'elle veut alors que je glisse deux doigts en elle et que je pose ma langue sur son clitoris. Ses doigts agrippent mes cheveux alors que je pousse et lèche, regardant son ventre palpiter et ses seins pulpeux monter et descendre alors qu'elle commence à haleter.

Tout ce qu'elle a à faire est de prendre la décision de rester en ville, et je peux être entre ses jambes comme ce matin, midi et soir. J'ai passé la majeure partie de ma vie à réfléchir à des solutions créatives pour réparer les véhicules. Maintenant, son corps est mon projet, et je vais concentrer toute mon attention sur la découverte de nouvelles façons de la faire ronronner.

Le feu de la vidéo crépite, brisant ses doux gémissements et gémissements alors que je me régale de sa chatte comme si j'avais faim d'elle.

Ses doigts piquent mon cuir chevelu d'un côté, puis elle crie, ses hanches ondulent et son dos se cambre alors qu'elle me regarde dans les yeux, impuissante alors que l'orgasme la rattrape. Je grogne en sentant sa chatte serrer mes doigts, ma bite déjà si dure que je peux à peine la supporter.

Dès qu'elle retombe sur le tapis moelleux, j'embrasse une ligne de son monticule jusqu'à sa bouche. Elle saisit mes épaules, m'embrasse avidement tandis qu'elle enroule ses jambes autour de moi, me tirant plus près d'elle.

« Voulais-tu quelque chose, beauté ? C'est presque comme si tu me suppliais ? — »

« Oui. S'il te plaît. »

Cette petite note de supplication dans sa voix fait glisser ma bite dans sa chatte chaude et humide un peu plus vite et plus fort que je ne l'avais prévu. Nous gémissons ensemble tandis que j'embrasse son cou, trouvant le rythme et l'angle qui font retomber sa tête en arrière et ses doigts s'enfoncent dans ma peau.

« Quand tu me parlais de ton travail, tu as dit que toutes les conversations chuchotées étaient spéciales, n'est-ce pas ? »

Elle cligne rapidement des yeux. « Ouais. Pourquoi ? »

Je souffle dans son oreille, déplaçant nos corps ensemble plus rapidement tandis que je murmure, "Parce que je t'aime, Harper. Je pense que je l'ai fait depuis le moment où je t'ai vue pour la première fois. Et pas seulement parce que tu es à couper le souffle, et la femme la plus sexy que j'aie jamais vue. Je t'aime tout entier. De ton cerveau aiguisé à ton petit orteil jusqu'à l'ongle de l'annulaire que tu n'arrêtes pas de ronger. J'ai l'impression que nous appartenons l'un à l'autre."

Elle est clairement partie à un endroit où elle a perdu la capacité de parler, mais son corps communique pour elle alors qu'elle me saisit, se balançant plus fort contre moi.

C'est bien. Ma précieuse fille peut communiquer avec moi comme elle le souhaite.

Du moment qu'elle sait que je ne la laisserai jamais partir.

# Chapitre 15

HARPER

Je pousse un cri de surprise alors que Griffin nous fait rouler, sa bite toujours enfouie au fond de moi, me mettant au-dessus. J'écarte mes genoux pour creuser le sol, mes mains atterrissant sur sa poitrine.

Quand je me penche en avant pour l'embrasser... oh, mon... mes hanches tournent, frottant mon clitoris contre lui.

« Je pensais que ça pourrait te plaire », sourit-il.

Qui aurait cru que le sexe pouvait être à la fois intense et amusant ?

Alors que je le chevauche lentement, examinant chaque angle, il ne m'était jamais venu à l'esprit qu'un homme puisse me fasciner autant.

Je peux sentir ma chatte palpiter, masser sa bite alors que je monte et descends, mon corps prenant le dessus et se transformant en une machine à baiser. Griffin a fait ressortir ce côté sensuel de moi qui manquait jusqu'à présent.

Me penchant en arrière juste pour voir ce que ça fait, je frémis quand je vois ses yeux baisser pour fixer sa longueur disparaissant en moi avant de ressortir. "Tellement sexy." Sa voix est un murmure sale, sombre et dangereux.

Puis ses énormes mains fortes agrippent mes hanches, m'aidant à monter et descendre plus vite, plus fort. Il sait déjà exactement ce dont j'ai besoin. Plus. Plus de lui. Plus de ça. Plus de nous.

Mon corps se penche à nouveau en avant, mon clitoris frottant parfaitement contre sa peau tandis que son épaisseur enflamme chaque nerf en moi. À la seconde où mes lèvres rencontrent les siennes, je peux sentir sa faim. Son désir pour moi. Je ne me suis jamais sentie désirée comme ça, et cela m'illumine de l'intérieur.

Je hurle faiblement contre sa bouche alors que l'orgasme se précipite sur moi, une explosion de désir brut. Griffin peut le sentir, ses yeux profonds s'écarquillent alors qu'il me tire plus fort vers le bas, surmontant mes vagues avant d'enfouir son visage dans mon cou avec un grognement profond. Puis je sens sa bite pulser en moi alors qu'il jouit fort, son corps entier frissonnant.

"Reste cette nuit", murmure-t-il doucement contre ma peau.

J'ai l'impression qu'il supplie, alors qu'un homme comme lui ne devrait jamais supplier pour quoi que ce soit. Je ne sais pas pourquoi cela me touche autant.

"Bien sûr."

Nous prenons une douche rapide ensemble, et même s'il ne me touche plus sexuellement, la sensation de ses mains effleurant ma peau pendant qu'il me savonne est tout à fait romantique. Sensuelle. Intime.

Dormir dans ses bras toute la nuit aussi.

Est-ce que ce serait comme ça de vivre avec lui ? Alors que je m'endors incroyablement vite, je suis sûre à 97 % de savoir quelle sera ma décision au matin.

L'odeur vivace du café me réveille lentement. Je m'habille, me coiffe et me dirige vers la salle à manger. Puis je m'arrête net.

Il y a une immense carte détaillée, imprimée en plusieurs morceaux, collée sur la fenêtre comme un tableau de meurtre dans une série policière. La moitié de la table est occupée par des notes et un ordinateur portable ouvert.

Griffin me guide vers une chaise et pose un café devant moi.

"La réponse m'est venue à quatre heures du matin." Il sourit, assis près de moi pendant que j'essaie de déchiffrer la carte avec des cercles marqués des temps de trajet jusqu'à West Stoneburg, Oakton et Kingsville.

Je prends une énorme gorgée de café, sachant que je vais devoir me réveiller rapidement. "De quoi s'agit-il ?"

« Je me suis mis à penser à la façon dont tu lis beaucoup. Alors j'ai commencé à réfléchir à ce que les gens font dans les livres pour faire passer un message. » Il sourit largement, ce qui le rend beau comme un garçon alors qu'il serre doucement mes mains. « Quand les gens se lancent dans une grande quête dans des livres de fantasy, ils ont besoin d'un jeton, n'est-ce pas ? Un talisman pour toujours ? »

« D'accord... » Je regarde les notes qui couvrent la table. Bijoux de Julie. Diamond Fantasy. Silversmiths of Kingsville. Elegance Jewelry Shop. Des dizaines de boutiques, toutes avec des notes comprenant l'adresse, le temps de trajet et leur spécialité.

Celles qui proposent la plus grande variété ont une étoile rouge. Celles qui ont de mauvaises critiques ont un X gris. Il y a même des restaurants indiqués sur la carte entre les villes. Quelques autres feuilles de papier discutent des quatre C des diamants et des coupes de base des bijoux.

Waouh. Juste... waouh. Quand il s'agit d'un projet, c'est aussi un nerd !

Je commence à serrer la main de Griffin, puis je me rends compte qu'il s'est mis à genoux, tenant un morceau de fil de cuivre torsadé en forme d'anneau.

« Cela rendra votre doigt vert si vous le portez pendant plus de quelques jours, donc c'est purement cérémoniel. Une bague de pré-fiançailles, si vous voulez. » Il prend ma main doucement, tandis qu'il me regarde dans les yeux. « Je vais faire une meilleure demande en mariage, je te le jure. Mais si tu choisis la bague et que je l'achète cette semaine, ce sera notre gage. Le talisman pour dire que nous partons ensemble dans cette aventure. »

Clignant des yeux, mes yeux se troublent de larmes, et je ne peux émettre aucun bruit au-delà d'un crachotement gêné. Griffin est... impulsif. Très probablement fou. Mais il est aussi totalement dévoué à cette relation s'il déclare son amour et parle déjà de l'éternité.

« Je suis désolé, bébé. Je ne voulais pas te submerger dès le matin avant même que le café n'ait fait effet. Tu peux y réfléchir aussi longtemps que tu le souhaites. «

Il se soucie déjà tellement de moi qu'il sait que je suis un peu dépassée et que j'ai besoin de mon café.

« Oui. » Le mot jaillit de moi avant même que j'aie fini de penser. « Oui. Je vais rester ici avec toi. Je ne t'appellerai pas pour l'appartement. »

Le fil torsadé glisse sur mon doigt une fraction de seconde avant que ses bras ne s'enroulent autour de moi. « Je vais essayer de toutes mes forces de te rendre heureuse, chérie. Ce sera le travail de ma vie. »

« Et je vais... découvrir comment être une femme de montagne, je suppose. »

« Je t'apprendrai tout ce qu'il faut savoir pour t'habiller en couches et te préparer à tout type de temps. Je t'achèterai des bottes super solides. Je t'apprendrai à conduire une motoneige. » Son sourire est un pur soleil. « Tu devras décider quel genre de travail tu veux, que tu pourras, je l'espère, faire principalement à la maison. »

Alors que je fixe les yeux magnifiques de l'homme incroyable qui m'aime suffisamment pour me comprendre complètement, j'ai l'impression que toutes les portes en moi s'ouvrent – à mon esprit, à mon cœur et à mon potentiel.

Non seulement Griffin va être un partenaire de vie incroyable, mais il est complètement dévoué à m'aider à être plus... moi-même.

"Je t'aime", je murmure.

Ses yeux dansent. "Je t'aime, bébé. Nous sommes faits l'un pour l'autre."

Hochant la tête, je baisse les yeux vers le morceau de fil de fer finement torsadé. Il a même passé du temps à perfectionner une fausse bague. Puis mon regard se tourne vers les notes codées par couleur, et je dois étouffer un rire.

Mon incroyable Dirty Boy a une attention aux détails qui fait chanter mon cœur de fille intello intérieure.

# Chapitre 16

GRIFFIN

Je ne me souviens pas de la dernière fois où j'ai pris un vendredi entier de congé, alors je passe au magasin pour déposer les deux jeux de clés de la dépanneuse.

"Désolé pour ça", dis-je à Harper, qui sourit depuis le siège passager alors que je gare ma Lexus devant le magasin. Je ne conduis pas très souvent ma plus belle voiture, mais aujourd'hui est une occasion spéciale.

« Ne sois pas bête », sourit-elle. « Je vais rester assise là-dedans pour toujours. »

« Pas besoin, je serai rapide. »

Je cours dans la boutique, où Carson et Walker me regardent tous les deux. « Tu prends un jour de congé pour faire une balade ? » demande Walker, fixant l'endroit où j'ai laissé tomber les clés sur le comptoir.

Je souris d'une oreille à l'autre. « C'est une occasion très spéciale. »

« Et ? » Carson s'approche et me donne une petite tape sur l'épaule. « Allez, depuis quand gardons-nous des secrets ? »

« Très bien. » Je sens ma poitrine se gonfler de fierté tandis qu'ils me regardent bizarrement. « Harper et moi allons à Oakton pour faire du shopping, et si nous ne voyons rien que nous aimons là-bas, nous irons à Kingsville. C'est pourquoi nous devons partir tôt. Nous dînerons probablement et passerons la nuit dans un hôtel là-bas. »

« Pourquoi aller si loin ? » demande Carson. « Il y a un bon restaurant à West Stoneburg où tu ne l'as pas encore emmenée. »

« Ouais, mais il n'y a pas vraiment de bonne bijouterie à West Stoneburg. »

« Une bijouterie J ? » Walker bafouille.

« Quel genre de bijoux ? » demande rapidement Carson.

Mes mains se lèvent comme pour se défendre. « Je sais. Je sais. C'est beaucoup trop rapide. C'est à la limite de la folie. Mais je sais que c'est bien. Je dois acheter cette bague spéciale. »

« Ça fait une semaine et demie. » Walker secoue la tête. « Tu penses vraiment qu'elle dira oui si tôt ? »

« Elle a dit oui lundi. » Leurs bouches s'ouvrent toutes les deux. « Je veux dire, la demande officielle ne va pas se faire avant un petit moment. C'est une sorte de pré-demande en mariage. Je t'expliquerai tout demain. »

« Allo ? » Nous nous retournons tous pour voir Harper entrer sur la pointe des pieds dans la pièce avec espoir, sa tasse de voyage à la main. « Est-ce que ça te dérange si je rajoute mon café avant de partir ? »

Carson s'approche d'elle pour l'entourer de ses bras. « Sœur ! »

rit Harper. « Bientôt. Mais oui... frère. »

Walker s'approche d'elle pour lui faire un petit câlin gêné. « Pré-bienvenue dans la famille Dirty. »

« Hé, tous les deux – enlevez vos sales mains de ma femme. » Ils reculent d'un bond, les mains en l'air, comme si j'étais sérieux.

Puis Carson remplit la tasse d'Harper pour elle, et nous prenons la route.

« Je n'avais pas réalisé que tu ne leur avais pas dit, » rit Harper.

« On a été très occupés toute la semaine, et je ne savais pas trop comment le dire. Je sais qu'ils vont penser que nous sommes fous. »

« Eh bien, nous le sommes un peu. » Alors que je m'arrête à un coin de rue, elle me lance un regard coupable. « En fait, nous faisons probablement tout ça trop tôt. Je veux dire, il n'y a pas de mal à attendre quelques mois,"C'est vrai ?"

"Faux." Je lui serre la main, puis je tourne sur la route suivante. "Tu changes de maison pour moi. Je veux que tu aies quelque chose pour me montrer que je suis sérieux." Je souris d'une oreille à l'autre. "En plus, la partie mâle étrange et primitive de moi veut te revendiquer avec un rocher géant et tape-à-l'œil."

"Quoi ? Non. Pas énorme, s'il te plaît. Un petit rocher est plus que bien."

« Si tu t'inquiètes pour l'argent, j'en ai plein. »

« Mais je ne suis pas une fille tape-à-l'œil. Je n'ai pas besoin d'impressionner qui que ce soit. Je préfère utiliser cet argent pour des choses pratiques. » Elle me lance un regard en coin. « Si l'argent n'est pas un problème, est-ce que ça veut dire que ton entreprise marche bien depuis quelques années ? Je veux dire... Les choses sont stables et tout ça ? »

Je lui serre doucement les mains. « Oui. Très stable. Je suis propriétaire de ma maison, je n'ai pas d'hypothèque et j'ai beaucoup d'économies. »

« Les filles et moi avons fait des recherches sur l'histoire de ta famille, en rapport avec l'histoire de la ville. Je suppose que si ta famille possède le terrain en entier, c'est plus facile de construire et d'économiser, n'est-ce pas ? »

« Ouais. Aussi... » Je regarde autour de moi comme si quelqu'un m'écoutait. « On a entendu des rumeurs selon lesquelles il y aurait de l'argent familial enfoui profondément. Donc s'il y avait une véritable urgence, je sais que je pourrais demander un prêt à papa ou à grand-père. »

Je regarde vers elle et la vois sourire et secouer la tête. « Tu vois ? » dis-je. « Un réseau bancaire clandestin de petite ville. Très efficace. Comme les rumeurs. »

« Bref... » Elle tend la main pour me serrer le bras. « Ta maison est fantastique, mais il y a quelques petites choses que je pourrais changer. Est-ce que ça te dérangerait si la chambre d'amis devenait mon espace informatique ? Ou si tu as des projets pour ça, je peux trouver un coin au sous-sol. »

Je gare la voiture, puis je fais le tour d'elle et j'ouvre la porte. À genoux dans le gravier, je prends les mains d'Harper. « Bébé, je ne veux pas que tu aies l'impression que tu dois demander. Si tu as besoin de quelque chose – de n'importe quoi – tu me le dis et ça arrive. Tout ce dont tu as besoin pour être à l'aise et heureuse est maintenant ma mission. »

Ses beaux yeux bleus se remplissent de larmes alors qu'elle cligne rapidement des yeux.

« Nous pouvons même te construire une toute nouvelle maison si tu veux. »

« Non ! Pas question. Juste quelques petits ajustements. »

« Hé, j'ai le garage. Je pourrais te construire un espace à toi. Comme un de ces hangars de fille. Un coin de bricolage. »

« Tu veux dire un hangar pour femme comme celui qu'on voit sur les chaînes de décoration ? »

"Bien sûr ! Ou une extension de la maison. Un endroit où tu peux te blottir et lire dans un coin protégé des insectes. Plein d'air frais et de lumière naturelle ?"

"Vraiment ? Ce serait tellement cool !"

Elle se penche pour m'embrasser tandis que je lui serre les mains. "Prête à acheter la bague que tu porteras pour toujours, bébé ?"

Harper sourit. "La toute petite et discrète ? Oui."

"Si c'est vraiment ce que tu veux, c'est ce que nous prendrons. Mais je veux d'abord tout te montrer. Comme si tu aimais lire tout le menu avant de prendre une décision. D'accord ?"

"D'accord."

Ce qu'elle ne sait pas, c'est que j'ai déjà contacté chaque bijouterie, leur demandant de prendre des notes discrètes sur tout ce qu'Harper dit aimer, et tout ce qui fait briller ses yeux. Ils vont obtenir toutes ses tailles de bagues et créer une archive pour que je puisse commander un tas de pièces à expédier à la boutique la semaine prochaine. J'aurai l'embarras du choix pour chaque fête, anniversaire, mois après mois.

Ma Dirty Girl va scintiller de témoignages de mon amour chaque jour.

Pour toujours.

# ÉPILOGUE

HARPER

* Un an plus tard *

Je termine de taper la dernière phrase d'un brouillon d'article de blog, puis je l'enregistre. En regardant autour de moi, je ne pourrais honnêtement pas imaginer une meilleure salle d'écriture.

Bien que Griffin continue à la qualifier de hangar pour elle, je la considère comme ma cabane de nerd. C'est une grande pièce extérieure qui est protégée par un écran pour que je puisse avoir beaucoup d'air frais et de soleil filtré pendant que je lis, travaille sur divers rapports et écris des articles pour mon petit blog amusant sur une fille de la ville qui devient une fille de la campagne.

Le vent tourne et j'entends de la musique provenant du garage, suivie d'un cliquetis métallique. Griffin travaille beaucoup plus dans le garage de la maison ces derniers temps pour pouvoir être près de moi.Sa surprotection devient... un peu incontrôlable.

Je me lève lentement et commence à marcher – enfin, à me dandiner – vers la maison. Je n'ai même pas parcouru la moitié du chemin que Griffin apparaît à mes côtés, me saisissant le bras pour me stabiliser. Je jette un œil et vois que la porte latérale du garage est ouverte. « Tu m'espionnes encore ? » je le taquine.

« Je veux juste pouvoir t'aider. Si tu as besoin de plus de thé ou autre, pourquoi ne m'as-tu pas simplement envoyé un message ? »

« Pas de thé. Je voulais commencer le dîner plus tôt, pour pouvoir y aller doucement. »

« Je peux faire le dîner. » Griffin me lance ce sourire éclatant auquel il sait que je ne peux pas résister. Pourtant, je grogne d'une manière dramatique alors qu'il m'aide à entrer dans la cuisine.

« Tu as fait les trois derniers repas, Griff. Laisse-moi me sentir utile. S'il te plaît. »

Je m'effondre sur une chaise de cuisine tandis que Griffin pose sa main sur mon ventre gonflé. « Bébé, tu fais le travail le plus important du monde. Tu fais grandir notre bébé là-dedans ! Je n'en fais pas assez. »

« Tu as étudié tous les livres de parentalité de la planète », je ris. « Tu as des dossiers et des études et tu as déjà aménagé la chambre du bébé. De plus, tu as déjà préparé Walker pour nous conduire à l'hôpital à la moindre occasion. »

Son sourire vacille. « Ouais. À ce propos. Je pensais que nous devrions peut-être prendre une chambre d'hôtel à West Stoneburg, juste à côté de l'hôpital. Nous pourrions nous enregistrer sept jours avant la date prévue de ton accouchement, comme ça nous serions déjà sur place. »

J'aime qu'il soit si protecteur, mais parfois c'est un peu trop. « Nous verrons comment je me sens dans quelques jours, d'accord ? Peut-être parler à Jonah et avoir son avis ? » Étant donné que Jonah Wolfe est le médecin de la ville et un vieil ami de Griffin, peut-être qu'il peut aider à calmer mon mari nerveux.

« Bien sûr. » Il embrasse le haut de ma tête et commence à préparer le dîner.

Même si je me sens comme une princesse gâtée, j'aime qu'il me mette aussi à l'aise que possible. Je ne me suis jamais sentie aussi bien entourée. Et j'ai une chance incroyable d'avoir un partenaire avec qui je peux me défouler en lisant des livres sur la puériculture, des blogs de parents et bien plus encore.

En regardant ma main gauche, je n'arrive toujours pas à croire que Griffin a fait faire d'autres bagues pour aller de chaque côté de la bague de fiançailles. L'alliance. Une fine bague d'émeraudes, puisque nous sommes allés en Irlande pour notre lune de miel. Et maintenant une bague délicate avec des saphirs bleus, qui m'a été offerte deux jours après que nous ayons appris que nous attendions un garçon.

Bien que tous ces bijoux éblouissants soient incroyables, le détail le plus important est que je ne me suis pas rongé les ongles depuis des années.

Griffin me met tellement à l'aise que toute ma nervosité et ma timidité ont tout simplement disparu.

# Don't miss out!

Visit the website below and you can sign up to receive emails whenever St Jean publishes a new book. There's no charge and no obligation.

https://books2read.com/r/B-A-UNJIC-UJDAF

BOOKS 2 READ

Connecting independent readers to independent writers.

Did you love *Sales Murmures*? Then you should read *Carrossier*[1] by St Jean!

[2]

La première fois que je me suis mis à genoux pour le président Ashley, c'était le soir de son investiture... Et je ne faisais que mon travail... l'aider à retirer ses chaussures.

Je suis le lieutenant-commandant Kenan Harper, le valet de confiance du président. Son aide fidèle. Son homme de main... Et l'idiot qui est amoureux de Garner Ashley depuis bien avant que j'accepte ce poste.

Si j'avais eu mon mot à dire, je serais bien plus que son employé, mais dire que ce serait impossible serait l'euphémisme du siècle. Garner est peut-être le premier président ouvertement gay, mais le monde n'est pas prêt pour un Premier Gentleman gay, et Garner ne m'a jamais

---

1. https://books2read.com/u/3JBZdA

2. https://books2read.com/u/3JBZdA

regardé avec autre chose qu'une courtoisie professionnelle... Jusqu'à ce que soudain, il le fasse.

Le premier contact entre nous déclenche des années de désir si intense et si sauvage qu'aucun de nous ne peut plus nier nos sentiments. Mais quand une relation est aussi interdite, qu'elle met fin à une carrière, qu'elle... change le monde... nous aurons tous les deux des choix à faire.

Vais-je rester dans l'ombre en tant qu'homme de main du président... ou me démarquer et rester fier aux côtés de Garner en tant que celui qu'il aime ?

# Also by St Jean

Match impitoyable
L'homme méchant
Rebondissant
Son sale entraîneur
Dynastie brûlée
Venin de velours
Accouplement interdit
Carrossier
Sales Murmures